# UMA QUESTÃO PESSOAL

KENZABURO OE

# Uma questão pessoal

Tradução do japonês
Shintaro Hayashi

*3ª reimpressão*

*Grafia atualizada segundo o Acordo Ortográfico da Língua Portuguesa de 1990, que entrou em vigor no Brasil em 2009.*

*Título original*
Kojinteki na taiken

*Indicação editorial*
Jean-Claude Bernardet

*Capa*
Victor Burton sobre foto de Ron Chapple (Getty Images)

*Preparação*
Maria Cecília Caropreso

*Revisão*
Maysa Monção
Isabel Jorge Cury

*Atualização ortográfica*
Verba Editorial

*Os personagens e as situações desta obra são reais apenas no universo da ficção; não se referem a pessoas e fatos concretos, e sobre eles não emitem opinião.*

Dados Internacionais de Catalogação na Publicação (CIP)
(Câmara Brasileira do Livro, SP, Brasil)

Oe, Kenzaburo, 1935-2023
Uma questão pessoal / Kenzaburo Oe ; tradução do japonês Shintaro Hayashi. — São Paulo : Companhia das Letras, 2003.

Título original: Kojinteki na taiken.
ISBN 978-85-359-0327-0

1. Ficção japonesa I. Título.

03-0204 CDD-895.635

Índice para catálogo sistemático:
1. Ficção : Literatura japonesa 895.635

Todos os direitos desta edição reservados à
EDITORA SCHWARCZ S.A.
Rua Bandeira Paulista, 702 cj. 32
04532-002 — São Paulo — SP
Telefone: (11) 3707-3500
www.companhiadasletras.com.br
www.blogdacompanhia.com.br
facebook.com/companhiadasletras
instagram.com/companhiadasletras
twitter.com/cialetras

# UMA QUESTÃO PESSOAL

# 1.

Lá estava o mapa da África, em exposição no mostruário. Vistoso, belo como um cervo africano. Bird deixou escapar um suspiro abafado. Enfiadas em uniformes e com as partes expostas do corpo arrepiadas de frio, as vendedoras da livraria não lhe deram atenção. Entardecia. Como o corpo de um gigante recém-falecido, a atmosfera em volta da Terra fora perdendo aos poucos o calor daquele início de verão e se resfriara por completo. As pessoas pareciam querer recuperar das sombras do subconsciente a memória do calor do dia, cujo resquício a pele ainda retinha, e suspiravam desoladas. Junho, seis e meia da tarde. Ninguém mais suava na cidade. Exceto sua própria mulher, que àquela altura estaria transpirando intensamente por todos os poros do corpo desnudado. Estendida sobre um lençol de borracha e com os olhos fortemente cerrados, perdiz atingida em voo e em plena queda. Gemendo de dor, tomada de angústia e ansiedade.

Bird estremeceu e observou melhor os detalhes do mapa. O oceano ao redor da África era do mesmo azul do céu lavado das madrugadas de inverno. Melancólico de provocar lágrimas.

As latitudes e longitudes não haviam sido traçadas mecanicamente, com o auxílio de um compasso, por exemplo. Eram imprecisas mas belas, porque executadas à mão. Traços grossos, em tinta negra. O continente propriamente dito parecia o crânio de um homem com a cabeça inclinada. A cabeça gigantesca parecia contemplar com afeição a Austrália dos coalas, das gazelas e dos cangurus. A África em miniatura, com a distribuição demográfica do continente, impressa na parte inferior do mapa, era como uma cabeça de cadáver começando a decompor-se; outra, mostrando as vias de comunicação, era uma cabeça escalpelada com finas artérias à mostra. Aquelas duas pequenas Áfricas sugeriam morte violenta.

— Quer que retire o atlas do mostruário?

— Não, o que eu quero não é este. Estou procurando os mapas rodoviários da África Ocidental, da África Central e da África Meridional, os mapas Michelin — disse Bird.

A vendedora se agachou em frente a uma estante cheia de mapas Michelin de todos os tipos. Começava a vasculhá-los apressadamente quando Bird, revelando-se conhecedor, acrescentou:

— São os mapas de número cento e oitenta e dois e cento e oitenta e cinco.

O que Bird examinava entre suspiros era uma das páginas de um espesso atlas mundial. Respeitável, encadernado em couro, uma peça de antiquário. Ele já verificara o preço daquele volume luxuoso semanas antes. Valia umas cinco vezes seu salário de professor de cursinho. Contando as receitas de sua atividade secundária como intérprete, poderia obtê-lo em três meses de trabalho. Mas precisava sustentar a si próprio, à mulher e ao ser que em breve viria ao mundo. Era um chefe de família.

A vendedora separou dois conjuntos de mapas de capa vermelha e os depositou sobre o balcão. Tinha mãos pequenas e sujas e dedos feios. Lembravam as patas de um camaleão agarradas a um tronco ressequido. Bird viu o logotipo Michelin por entre os dedos dela: o homem batráquio de borracha rodando um pneu estrada afora provocou nele o sentimento de que a compra dos mapas era uma tolice. Porém aqueles mapas teriam um uso prático importante. Bird perguntou sobre o outro mapa, o da edição luxuosa do mostruário, pelo qual continuava interessado.

— Por que o atlas está sempre aberto no mapa da África?

Cautelosa, a vendedora preferiu não responder.

Por que ele estaria sempre aberto na página da África?, Bird se perguntava.

Preferência da vendedora, por achar aquela página a mais bonita do livro? Talvez. Mas o mapa de um continente mutável como o africano se desatualiza com muita rapidez. Provoca a caducidade de qualquer atlas. Deixar o atlas aberto na página da África seria, pura e simplesmente, proclamar a obsolescência da obra inteira. Que mostrassem o mapa de um continente politicamente estabilizado, sem a mínima possibilidade de desatualização. Mas qual deles? O continente americano, ou seja, o norte-americano?

Bird interrompeu suas conjecturas para pagar pelos dois mapas de capa vermelha, depois avançou na direção da escada, passando cabisbaixo entre a estátua de bronze de uma mulher nua e rechonchuda e uma árvore plantada num vaso. O baixo-ventre da estátua de bronze estava lustroso e úmido, ensebado pelas mãos dos carentes de sexo. Brilhava como um nariz de cachorro. Quando estudante, também ele costumava alisar aquela barriga ao passar. Agora, não tinha coragem nem de olhar o rosto da mulher de bronze. Vira o médico e as enfermeiras, de mangas arregaçadas, lavando e esfregando os braços com desinfetante. E, nua, estendida ali ao lado, sua mulher. O médico tinha braços peludos.

Bird atravessou o congestionado setor de revistas do andar térreo. Enfiou cuidadosamente o embrulho contendo os mapas no bolso externo do paletó, protegendo-o enquanto caminhava. Pela primeira vez, comprava mapas de uso prático como aqueles.

Quando vou conseguir pisar o solo africano? Erguer o rosto, ver o céu da África através das lentes dos óculos escuros? Chegará mesmo esse dia? Ele não acreditava. Quem sabe, neste exato momento, eu não tenha perdido para sempre essa chance? Quem sabe não estou dando adeus à única e última oportunidade da minha juventude? Mas fazer o quê?

Inconformado, empurrou com violência a porta da livraria e saiu para a rua, para o lusco-fusco da tarde. Início de verão, pairava no ar uma nebulosidade, fruto da poluição aliada às sombras do crepúsculo. A vitrina exibia livros de capa dura recém-importados. Lá no alto, um eletricista que trocava lâmpadas de néon pulou e caiu agachado diante de Bird. Ele recuou, assustado, e se deteve, observando a própria imagem refletida no vidro da ampla vitrina às escuras. Estava envelhecendo com a rapidez de um corredor de curta distância. Bird, vinte e sete anos e quatro meses. Recebera o apelido aos quinze anos de idade e desde então nunca deixara de ser Bird. Flutuando desajeitadamente à superfície do lago escuro da vitrina, como um afogado. Bird, baixo e magro, a própria imagem do pássaro. Seus amigos haviam engordado assim que se formaram e começaram a trabalhar. Até os magros teimosos haviam deixado de sê-lo depois do casamento. Bird, contudo, continuara magro. Só o ventre estava um pouco mais saliente. Andava sempre encurvado e de ombros encolhidos. Não mudava de posição nem quando estava parado. Jeito de velho, desses que um dia foram atletas.

Não só os ombros encolhidos lembravam as asas dobradas de um pássaro. O próprio rosto era o de um pássaro. Nariz afilado e liso, fortemente encurvado, com o aspecto de um bico de ave; olhos inexpressivos, com um brilho duro de goma-laca, que se arregalavam de vez em quando como se estivessem apavorados. Lábios finos e rijos, sempre cerrados. A linha da face e do queixo formava um ângulo muito agudo. Cabelos avermelhados, subindo ao céu como uma labareda. Aos quinze anos, Bird já era assim. Nada se alterara aos vinte. Até quando, aquele jeito de pássaro? Faria parte da espécie humana cujo rosto e físico se conservam irremediavelmente imutáveis dos quinze aos sessenta? Sendo assim, estaria fadado a conviver com aquela imagem da vitrina pelo resto da vida. Ideia realmente angustiante e repulsiva, que lhe dava náuseas. Pássaro decrépito e cansado, cheio de filhos, o seu futuro...

Foi aí que, do fundo daquele lago escuro, surgiu uma mulher de aspecto positivamente estranho. Corpulenta, de ombros largos, tão alta que sua cabeça ficava acima do reflexo da cabeça de Bird. Com a sensação de que havia um monstro às suas costas Bird finalmente se voltou, na defensiva. A mulher estava agora diante dele, com ar indagador, examinando-o com atenção. Bird devolveu o olhar, mas percebeu que pouco depois a ansiedade estampada no rosto dela era afastada por um sopro de indiferença. Ela esboçara um contato, com algum intuito. E de repente se dera conta de que Bird não correspondia bem ao tipo presumido. A essa altura ele já percebera o que havia de estranho naquela mulher. Uma cabeleira encaracolada, por demais vistosa, envolvia-lhe o rosto, digno de um anjo dos quadros de anunciação de Fra Angelico. E pontas de barba malfeita que emergiam, trêmulas, rompendo a fantástica espessura da maquilagem, em especial sobre o lábio superior.

— Oi! — cumprimentou a mulherona com uma voz retumbante, masculina e jovial, embaraçada pelo engano que cometera.

— Oi! — respondeu Bird, apressando um sorriso, a voz um tanto desafinada e estridente. Outra das razões de seu apelido.

Após seguir com o olhar a travesti que dava meia-volta sobre o salto alto e se afastava, Bird começou a caminhar no sentido oposto. Atravessou uma ruela estreita e cruzou com extremo cuidado uma larga avenida por onde circulavam bondes. Repentes de aflição aguçavam-lhe a cautela. Um passarinho aflito. O apelido, sem dúvida, era muito adequado.

O sujeito me tomou por um homossexual, quando me viu contemplando minha própria imagem na vitrina. Achou que eu estava à espera de um encontro. Terrível engano. Mas percebeu imediatamente o erro quando me voltei, e isso salva minha honra. Assim tranquilizado, Bird agora achava graça do bizarro da situação. Oi! — nas circunstâncias, não havia saudação mais adequada, não é mesmo? Aquela travesti deve ser uma intelectual refinada.

Nascia uma súbita simpatia pelo jovem fantasiado de mulher. Será que ele encontraria um companheiro homossexual para a noite? Faria uma abordagem bem-sucedida? Quem sabe. Talvez devesse ter encontrado coragem para acompanhar a travesti.

Atravessou a avenida e entrou numa rua repleta de lanchonetes e bares. Estava imaginando o que teria acontecido se tivesse acompanhado o outro até uma espelunca qualquer. Com certeza estariam agora ambos nus e deitados, conversando como bons irmãos. Estaria nu apenas para deixar o outro à vontade. Teria revelado que sua mulher estava em trabalho de parto. Diria também que havia muito tempo sonhava viajar pela África, e que o maior de todos os seus sonhos era publicar um livro de aventuras depois de regressar. *Os céus da África*, esse seria o título. E diria que com o nascimento da criança ele ficaria confinado numa jaula — a família. Já era prisioneiro de fato dessa jaula desde que se casara, mas a porta, que ainda lhe parecia estar aberta, seria definitivamente trancada pelo filho que estava para nascer. Sua viagem solitária pela África ficaria impossível. E aquela travesti removeria, uma por uma, todas as sementes da neurose que o atormentava. Compreenderia, sem dúvida. O rapaz saíra pelas ruas da cidade fantasiado de mulher em busca de uma companhia homossexual. O empenho em ser fiel às distorções de sua personalidade o levara àquilo. Gente como ele com certeza teria olhos e ouvidos sensíveis para os temores enraizados nas profundezas do subconsciente.

Amanhã de manhã poderíamos fazer a barba juntos, lado a lado, ouvindo o noticiário pelo rádio, partilhando o mesmo pote de sabão. A travesti era jovem, mas parecia ter barba cerrada. Bird sorriu, interrompendo o fio do pensamento. Dificilmente teria passado uma noite com o rapaz, mas podia ao menos tê-lo convidado para um trago. Nesse momento avançava por uma rua em que bares de terceira se enfileiravam um ao lado do outro para acolher a multidão de bêbados que buscavam aqueles lugares. Estava com sede e com vontade de beber, mesmo desacompanhado. Torcendo o pescoço longo e fino, Bird percorreu com os olhos os dois lados da rua, à escolha de um bar. Na verdade, não estava muito à vontade. O que não diria sua sogra, se fosse ver a mulher e o filho recém-nascido cheirando a bebida! Não queria dar a impressão, nem a ela nem ao sogro, de ter voltado a beber. Decepcioná-los de novo, não!

No momento, o sogro de Bird lecionava numa pequena faculdade particular, mas até se aposentar fora chefe do departamento de inglês da universidade onde Bird estudava, e o fato de Bird ter conseguido, jovem como era, uma colocação como professor devia-se mais à proteção do sogro do que à sorte. Ele adorava aquele velho, e também o venerava. Bird jamais conhecera alguém com a generosidade do sogro e não queria desapontá-lo outra vez.

Aos vinte e cinco anos de idade, Bird se casara, em maio. Naquele verão, durante quatro semanas, entregara-se ao uísque. De repente se achara solto e à deriva num oceano do álcool, Robinson Crusoé embriagado. Estudante de pós-graduação, abandonara suas obrigações. Deixara de comparecer à faculdade e ao emprego de meio período para se enfurnar em sua quitinete ouvindo discos e ingerindo uísque o dia inteiro e a noite inteira também, é claro. Dias de horror, em que nada fizera que comprovasse sua condição de ser humano vivente a não ser ouvir música, tomar uísque e curtir o sono intranquilo dos ébrios. Passadas quatro semanas, ressuscitara das setecentas horas de embriaguez para se descobrir miseravelmente lúcido. Completamente destroçado, uma cidade arrasada pela guerra. Alcoólatra com escassa possibilidade de recuperação, restava-lhe cultivar novamente os campos áridos de seu relacionamento. Primeiro consigo mesmo, em seguida com o seu mundo.

Bird encaminhara um pedido de desligamento do curso de pós-graduação e fora trabalhar como professor de cursinho, emprego obtido graças ao sogro. Agora, dois anos depois, aguardava o parto da mulher. Surgisse aquele Bird no quarto do hospital, com álcool nas veias, a sogra fugiria espavorida, levando a filha e o neto!

Ele próprio se mantinha precavido contra a atração do álcool ainda presente, já atenuada mas pertinaz. Ressurgindo das quatro semanas no inferno do uísque, tentara diversas vezes descobrir o que o arrastara para as setecentas horas de bebedeira. Jamais chegara a uma conclusão. E desde que não conseguira atinar com as causas do súbito mergulho às profundezas da bebida, sempre havia o perigo de voltar para lá a qualquer momento. Não tinha como organizar uma defesa enquanto não compreendesse o que haviam sido aquelas quatro semanas.

Numa das obras sobre a África que lia com tanta avidez, deparara com o seguinte trecho do diário de uma expedição ao continente:

"As histórias de bebedeiras dos nativos, objeto dos relatos de todos os exploradores e até hoje comuns nas aldeias africanas, revelam a existência de um vazio na vida das pessoas deste belo país. Insatisfações básicas ainda impelem os habitantes das aldeias africanas à autodestruição desesperada".

O trecho provinha de um texto referente aos nativos das aldeias do Sudão agreste. Ao lê-lo, Bird percebeu que vinha evitando ir fundo na pesquisa das carências da própria vida, das raízes de sua insatisfação. Sabendo que elas existiam, porém, acautelava-se com a bebida.

Bird chegou a uma praça de onde as ruas se irradiavam, no centro do bairro de casas noturnas. O relógio elétrico do grande teatro à sua frente indicava sete da noite, hora de ligar para a sogra no hospital e saber do estado da mulher. Vinha ligando de hora em hora desde as três da tarde. Olhou em volta e viu que havia na praça diversas cabinas de telefone público, todas ocupadas. Ele se exasperava, não tanto pela ansiedade em saber como estava a mulher, mas pela preocupação com os nervos da sogra, que aguardava a ligação junto ao telefone destinado aos acompanhantes. Um sentimento obsessivo de que estava sendo tratada com descortesia pelo hospital se apossara dela desde o momento em que levara a filha para lá. Talvez o telefone esteja sendo usado por algum parente de alguém internado. Pobre esperança. Bird retrocedeu pela rua para examinar bares, cafeterias, pequenos restaurantes e lojas de artigos ocidentais. Havia o recurso de entrar numa daquelas casas e pedir para usar o telefone. Contudo, queria evitar os bares e já jantara. Seria o caso de comprar um remédio para o estômago?

Saiu em busca de uma farmácia e acabou diante de uma loja de aspecto peculiar, numa esquina. Na entrada via-se um cartaz enorme com a fotografia de um caubói sacando o revólver do coldre, pronto para atirar. Uma tabuleta anunciava, em letras rebuscadas: Gun Corner. Estava afixada sobre a cabeça de um índio que o caubói pisava com sua bota de esporas. No interior da loja viam-se diversos jogos instalados em caixas de cor acinzentada, embaixo de bandeiras das nações e de enfeites de papel rendado verdes e amarelos pendurados no teto. Uma rapaziada muito mais jovem do que Bird se movimentava de um lado para o outro. Espiando pelos vidros da porta, emoldurados por fitas vermelhas e índigo, ele avistou um telefone vermelho instalado bem ao fundo.

Bird passou entre um jukebox que berrava um rock'n'roll já fora de moda e uma máquina de venda automática de Coca-Cola e penetrou na Gun Corner. As paredes de madeira estavam sujas de barro ressequido. Imediatamente, teve a sensação de que fogos de artifício espoucavam dentro de seus ouvidos. A muito custo, conseguiu chegar até o telefone, passando pelo labirinto de adolescentes, máquinas automáticas, dardos e um tiro ao alvo em animais em miniatura: numa caixa, contendo um pequeno cenário de bosque, corças marrons, lebres brancas e enormes sapos verdes se moviam, transportados por uma correia. No momento em que Bird ia passando, uma colegial, cercada de amigas que riam alegremente, acabava de acertar um sapo, acrescentando cinco pontos ao total registrado pela máquina. Bird introduziu uma moeda no telefone e discou o número já memorizado do hospital. Escutou com um ouvido o som remoto da chamada e com o outro o rock'n'roll misturado ao ruído de milhares de patas de caranguejo correndo juntas

— os adolescentes, maravilhados com seus brinquedos automáticos, esfregavam continuamente o assoalho gasto com as solas, macias como luvas, de seus sapatos italianos. Qual seria a opinião da sogra sobre aquela confusão toda? Deveria desculpar-se também pela barulheira, além de se desculpar pelo atraso na ligação?

Depois de quatro chamadas, atendeu a voz da sogra, um arremedo infantil da voz da mulher. Afinal Bird esqueceu as desculpas e perguntou logo pelo estado da mulher.

— Não, ainda não nasceu. Ela está morrendo de sofrimento, e nada! A criança não nasce!

Bird ficou alguns instantes atônito e sem palavras, observando os minúsculos orifícios do receptor. Buracos de formiga. Ou estrelas negras no céu noturno do bocal, ora anuviado, ora limpo, conforme sua respiração.

— Então volto a ligar às oito. Até logo — disse, um minuto depois, e com um suspiro colocou o fone no gancho.

Bem ao lado dele havia um brinquedo de dirigir um carro em miniatura. Um rapaz de aparência filipina estava no assento do motorista, manobrando o volante. Uma miniatura de Jaguar tipo E, suportada por um cilindro, estava instalada sobre uma correia, ao centro. Desenhada sobre a superfície da correia, uma paisagem rural. A correia se movia continuamente, fazendo o Jaguar correr pela bela estrada suburbana que avançava, sinuosa e interminável. Obstáculos como vacas, carneiros e pastoras surgiam a todo momento, pondo em perigo o Jaguar tipo E. O volante devia ser movido constantemente, para acionar o cilindro e salvar o carro de um acidente. Totalmente absorto, o rapaz se mantinha encurvado sobre o volante, enrugando a testa estreita e morena, dirigindo sem parar, como se a correia panorâmica fosse levá-lo a um ilusório ponto de chegada. Soltava um ruído sibilante misturado com saliva por entre os lábios finos, que mordia com os caninos pontudos. Entretanto, a estrada cheia de obstáculos prosseguia infindável à frente do pequeno Jaguar tipo E. A velocidade da correia caía, e o menino retirava apressadamente uma moeda do bolso da calça. Introduzia-a entre as pálpebras de aço do receptor, e continuava. Por alguns momentos, Bird ficou em pé atrás do rapaz, meio de lado, observando-o. De repente, a fadiga em seus pés se tornou insuportável. Caminhou apressado para a porta dos fundos, andando como se pisasse em metal quente, e deu com dois brinquedos bastante curiosos.

Do lado direito, um grupo de rapazes produzia um enorme estrondo, semelhante a um impacto mecânico. Não dava para ver o que produzia o ruído. Todos eles vestiam blusões com dragões bordados em fios dourados e prateados, desses à venda em lojas de presentes de Hong Kong para turistas americanos. Ninguém percebera a presença de Bird, que se encaminhou para o brinquedo à esquerda, uma versão século XX de um instrumento de tortura medieval, a virgem de ferro. Uma bela jovem de aço, em tamanho natural, pintada em xadrez preto e branco, protegia os seios nus com as mãos. Para vê-los, era necessário afastar seus braços com toda a força. Um sistema media a pressão dos punhos e a força dos braços e mostrava os resultados nas janelas, os olhos da estátua. Acima da cabeça da virgem de aço, uma tabela indicava a capacidade média em cada idade.

Bird enfiou uma moeda entre os lábios da mulher de ferro e em seguida tratou de afastar seus braços para descobrir-lhe os seios. Os braços de ferro resistiram tenazmente. Bird empregou mais força. Seu rosto se aproximava cada vez mais do peito da jovem de aço. A face da mulher fora moldada numa expressão de sofrimento, e aquilo dava a Bird a sensação de que a estava violentando. Deu tudo o que pôde, até que os músculos de seu corpo começaram a doer. De repente, ouviu um barulho de engrenagens no corpo da mulher e nos olhos dela surgiram números pintados em cor levemente sanguínea. Bird relaxou os músculos e, ofegante, verificou seu desempenho comparando-o com a tabela. Os números obtidos por Bird foram setenta na pressão dos punhos e setenta e cinco na força dos braços, mas não ficava claro a que se referiam aqueles números. A tabela sugeria, para a idade de vinte e sete anos, cento e dez para os dois esforços. Incrédulo, Bird examinou a tabela e verificou que os números que conseguira correspondiam à média de um homem de quarenta anos. Quarenta anos! Foi um golpe no estômago. Deixou escapar um arroto. Bird, vinte e sete anos e quatro meses, dono de punhos e braços com poder muscular de um homem de quarenta anos! Mas como? E, além do mais, sentia pontadas nos músculos dos ombros e da virilha, pontadas que ameaçavam instalar-se sob a forma de uma desagradável dor muscular crônica. Estava na hora de recuperar o amor-próprio. Avançou para o brinquedo da direita, surpreso consigo mesmo por levar tão a sério aqueles passatempos físicos.

Com a aproximação de Bird, os rapazes de blusão bordado reagiram com a vivacidade de animais que percebem um intruso em seu território. Imobilizaram-se imediatamente e passaram a observá-lo de forma acintosa. Bird recuou, hesitante, mas com jeito de quem não quer nada examinou o dispositivo instalado no centro do círculo de rapazes. Tinha o formato de uma forca, dessas dos filmes de faroeste. No lugar onde se penduraria a cabeça do infeliz havia um objeto com o formato de um elmo eslavo. O elmo deixava à mostra a extremidade de um saco de areia de couro preto. Havia um orifício no centro do elmo, uma espécie de olho ciclópico. Depois de introduzir uma moeda no orifício, puxava-se o saco de areia para baixo e, simultaneamente, o ponteiro do mostrador instalado numa coluna voltava à posição zero. No centro do mostrador havia um desenho de um rato robotizado. O rato escancarava a boca amarela e gritava: "Venha! Teste o poder de seu punho!".

Vendo que Bird permanecia imóvel, apenas contemplando o dispositivo, um dos jovens se adiantou. Introduziu uma moeda no orifício do elmo e puxou para baixo o saco de areia, um pouco constrangido, mas confiante, como quem vai fazer uma demonstração. Depois, recuou um passo e, saltitando feito bailarino, aplicou um murro no saco de areia. Ouviu-se um estrondo e em seguida o ruído da corrente golpeando o interior do elmo, do qual pendia o saco de areia. A potência da pancada ultrapassara a capacidade de medida do mostrador, e o ponteiro tremia desvairado. A rapaziada dos blusões explodiu numa gargalhada só. O dispositivo entrara em pane e não voltava à posição inicial. Orgulhoso, o jovem assumiu a posição de caratê e desferiu um leve chute no saco de areia. Só então o ponteiro se moveu, indicando cento e cinquenta, e o saco se recolheu vagarosamente para dentro do elmo, feito um bernardo-eremita fatigado. Nova gargalhada dos jovens.

Um entusiasmo irracional levou Bird a tirar o paletó. Colocou-o sobre uma máquina de jogo de bingo, tomando cuidado para não amassar o mapa da África. Em seguida, introduziu no elmo uma das muitas moedas que levava no bolso com o objetivo de telefonar para o hospital. Os adolescentes observavam cada um de seus movimentos. Bird puxou para baixo o saco de areia e deu um passo para trás, ficando em posição de sentido. Quando colegial, certa vez fora expulso da escola numa cidade provinciana. Na época, preparava-se para os exames de ingresso à faculdade. Quase todas as semanas se envolvia em brigas com bandos de arruaceiros da cidade. Fora temido e andava sempre cercado de admiradores mais jovens. Assim, confiava na força de seus punhos. Não iria saltitar desajeitadamente como aquele rapaz; aplicaria um golpe com o corpo imóvel, na posição ortodoxa. Avançou um passo com leveza e desferiu um direto de direita no saco. Teria superado a marca máxima de dois mil e quinhentos do mostrador, mandando o dispositivo a nocaute? Nada disso, ficou nos trezentos. Bird levou até junto do peito o punho utilizado no golpe e, inclinado para diante, permaneceu atônito por alguns instantes, olhando para o mostrador. O sangue lhe subiu ao rosto. Às suas costas, os rapazes se plantavam, imóveis e mudos. Mas, sem dúvida, prestavam atenção nele e no mostrador. Com certeza estavam desnorteados pela aparição daquele indivíduo capaz de um desempenho tão medíocre.

Ignorando a presença deles, Bird se aproximou do elmo, que já recolhera o saco de areia. Enfiou outra moeda para trazê-lo novamente para baixo. Dessa vez, ao diabo a postura; esmurrou o saco reunindo todo o peso do corpo no punho. O braço inteiro, do cotovelo até o punho, ficou entorpecido. Mas o ponteiro indicou apenas quinhentos.

Bird se inclinou depressa para pegar o paletó e vestiu-o voltado para a máquina de bingo. Depois, virou-se para o grupo silencioso e tentou esboçar um sorriso maduro. Queria um sorriso entre surpreso e compreensivo, um sorriso de velho campeão veterano de lutas para jovem campeão. Mas os rapazes, de rostos frios e inexpressivos, limitaram-se a fitá-lo como a um cão. Bird enrubesceu até as orelhas e deixou a loja cabisbaixo, em passos apressados. Uma gargalhada ostensivamente sarcástica ergueu-se às suas costas. Tonto como criança envergonhada, atravessou a praça em largas passadas e se enfiou rapidamente por uma ruela escura ao lado do teatro. Perdera o ânimo para caminhar em meio à multidão do bairro de diversão noturna. Havia prostitutas paradas na ruela, mas, intimidadas, nenhuma lhe dirigiu a palavra. Enveredou de repente por outra ruela onde nem prostitutas havia. A ruela era interrompida por uma barreira elevada. Sentiu cheiro de grama: a encosta da barreira devia ser coberta de grama. Em cima da barreira passavam os trilhos de uma ferrovia. Bird olhou para os dois lados procurando ver se algum trem se aproximava, mas nada viu. Olhou para o céu escuro. A nuvem avermelhada que parecia baixar ao longe provavelmente era o reflexo das luzes de néon do bairro noturno. Gotas pingaram repentinamente sobre a face erguida. A chuva estava para cair, o que explicava o cheiro intenso de grama. Curvando a cabeça, pôs-se a urinar, desajeitado.

Foi quando ouviu passos desordenados de pessoas aproximando-se às suas costas. Depois de urinar, Bird se voltou. Já estava completamente cercado pelos rapazes de blusão bordado. Eles formavam um grupo compacto, tendo às costas a tênue claridade vinda da direção do teatro. Não era possível distinguir a expressão de seus rostos. Bird se lembrou naquele instante de que percebera indícios de intenso desprezo na frieza do grupo, na loja. Sua debilidade estimulara neles o instinto animal. O impulso compulsivo que leva crianças violentas a maltratar os mais fracos despertara, lançando-os em perseguição do pobre carneiro dos quinhentos pontos no teste de potência de punho. Em pânico, Bird procurou, afobado, uma rota de fuga. Fugir na direção das luzes do bairro de lazer significava investir na direção do grupo e tentar romper o cerco justamente onde ele era mais forte. Difícil para seu físico recém-testado (potência muscular de um homem de quarenta anos!). Nem pensar: eles o fariam recuar sem a menor dificuldade. À direita, um beco sem saída ia dar numa parede de madeira. À esquerda, uma passagem estreita entre a barreira e a alta cerca de arame do terreno de uma fábrica conduzia a uma avenida distante onde circulavam automóveis. Aquela era uma esperança de fuga: atravessar correndo a passagem de cem metros sem ser agarrado.

Bird se decidiu. De repente gingou o corpo, simulando uma corrida para o beco, e voltou-se para o lado oposto, investindo para a esquerda. Os adversários, contudo, eram escolados em manobras daquele tipo. Haviam previsto a tática, como Bird teria feito aos vinte anos, nas noites de sua cidade provinciana. Ao fintar a fuga para a direita, eles se moveram rapidamente para a esquerda, barrando-lhe o caminho. Quando Bird se aprumou do giro e arremeteu para a esquerda, colidiu com a silhueta negra de um corpo inclinado para trás feito um arco: a mesma atitude utilizada para esmurrar o saco de areia. Não havia tempo nem espaço para esquivar-se. Atingido pelo pior soco recebido em toda a sua vida, Bird voou de costas de encontro à grama da barreira. Gemeu, cuspindo sangue e saliva. Os rapazes riram alto, como haviam feito ao estourar o limite do medidor. Mas voltaram a ficar em silêncio e fecharam o cerco em torno de Bird, caído ao solo. Esperavam.

Bird se lembrou do mapa da África, que devia estar amarrotado, comprimido entre seu corpo e a terra da barreira. Outro pensamento — o de que seu filho estava para nascer — emergiu em sua consciência, provocando-lhe uma aflição jamais sentida. Assaltou-o uma súbita onda de fúria e desespero. Até então estivera assustado e perplexo, procurando apenas fugir. Agora não mais. Se deixasse de lutar agora, sua oportunidade de viajar para a África ficaria perdida para sempre. E não apenas isso: seu filho viria ao mundo unicamente para encontrar o pior destino possível. Uma inspiração de momento o fez acreditar que aquilo fatalmente aconteceria. Sacudiu a cabeça e levantou-se devagar, com um gemido. O semicírculo dos adolescentes recuou em perfeita ordem, chamando-o para a briga. Confiante, o mais robusto deles se adiantou. Bird tinha os braços pensos, o queixo projetado para diante. Permanecia de pé e apático, feito um boneco de pancadas. O rapaz mirou com cuidado. Ergueu alto o pé, à maneira de um pitcher de beisebol ao lançar a bola, inclinou-se, levando o punho bem para trás, e desferiu um murro. Bird baixou a cabeça e, recuando os quadris, investiu feito um touro furioso contra o adversário.

Com um urro abafado, um jato de suco gástrico saltou da boca do rapaz, que desabou. Perdera o fôlego. Rapidamente, Bird ergueu a cabeça e encarou os demais. Reacendia nele a excitação da briga, esquecida havia tantos anos. Tanto os garotos como ele próprio se mantinham imóveis, estudando o adversário teimoso. Os minutos se passavam.

De repente, um deles gritou para os companheiros:

— Chega, chega! Esse cara não é páreo para a gente, é um "tio"!

Prontamente, os adolescentes se descontraíram e se afastaram na direção do teatro carregando o companheiro desacordado, sem dar atenção a Bird, ainda em guarda. Bird ficou sozinho, molhado pela chuva. De repente tudo lhe pareceu cômico e começou a rir em silêncio. Seu paletó estava manchado de sangue. Se ficasse algum tempo mais debaixo da chuva, a mancha seria disfarçada pelas gotas d'água. Sua cabeça doía, assim como a região dos olhos, os braços e as costas, mas estava bem-humorado pela primeira vez desde o início das dores de parto da mulher. Foi mancando pela trilha estreita entre a barreira e o terreno da fábrica na direção da rua asfaltada. Uma locomotiva a vapor dos velhos tempos surgiu impetuosamente, espalhando fagulhas, e correu sobre a barreira acima de Bird, um rinoceronte negro voando pela escuridão do céu. Ao sair na avenida, Bird descobriu um fragmento de dente quebrado entre sua língua e sua gengiva, e cuspiu-o enquanto esperava por um táxi.

# 2.

Embaixo do mapa da África pregado na parede, sujo de barro, sangue e suco gástrico, Bird dormia todo encolhido, um verme assustado. Estava no dormitório do casal. Um berço branco para o bebê, enorme gaiola ainda envolta em plástico, ocupava o espaço entre a cama em que dormia e a da mulher, no momento vazia. Grunhiu incomodado pelo frio da madrugada, em meio a um pesadelo.

Bird está num planalto, à margem ocidental do lago Chade, a leste da Nigéria. Espera ali por algo, não sabe o quê. De repente, é descoberto por um javali africano. A fera investe contra ele, escavando a areia com as patas. Entretanto, isso não o aborrece. Aventuras, situações de perigo de vida e encontros com tribos desconhecidas — é tudo o que quer para poder enxergar além da mansidão e do tédio crônico da vida que leva. Para isso viera à África. Mas não traz arma alguma para defender-se do javali. Ali está, sem nenhum preparo ou treinamento. O javali já se aproxima. Quando jovem delinquente no interior, levava costurado nas dobras da calça um punhal de lâmina retrátil. Havia muito tempo se desfizera da calça. Engraçado, nem consegue lembrar-se do nome japonês do javali africano. Pode ouvir o grito da multidão que o deixou ali e correu para um lugar abrigado: fuja, é um javali!, continuam gritando. A fera já está a dez metros, atrás de um arvoredo ralo. Não há mais tempo. Então, ao norte, descobre uma área cercada por hachuras azuis. Uma cerca de fios de aço? Poderia salvar-se, passando para o outro lado. As pessoas que o deixaram para trás gritam de lá. Bird começa a correr. Tarde demais, o javali está nos seus calcanhares. Vim para a África sem preparo e sem treinamento, não vou conseguir escapar do ataque do javali, pensa desesperado enquanto foge tangido pelo pavor. Por trás da proteção azulada, em segurança, uma multidão incontável de pessoas observa a fuga. As presas aguçadas do javali abocanham firmemente seu calcanhar...

O telefone tocava sem parar. Bird acordou, amanhecia. A chuva da véspera continuava. Descalço sobre o assoalho frio e úmido, Bird saiu da cama e foi pulando até o telefone, parecia um coelho. Retirou o fone do gancho e imediatamente uma voz masculina o interpelou, depois de certificar-se de sua identidade, dizendo, sem nem ao menos um bom-dia:

— Venha já ao hospital. Constatamos uma anormalidade na criança e precisamos conversar.

Só e desamparado, quis voltar para o planalto da Nigéria em busca dos despojos de seu sonho, mesmo que o sonho fosse um terrível ouriço coberto de espinhos de pavor. Fazendo força para controlar-se, Bird perguntou, com a voz calma de um estranho de entranhas de aço:

— E a mãe, passa bem?

Já ouvira mil vezes aquele tipo de pergunta no mesmo tom de voz.

— Ela passa bem. Venha depressa.

Afobado, caranguejo fora da toca, Bird correu para o quarto. Quisera poder voltar para o calor do leito e fechar os olhos. Apagar a realidade, volatilizá-la como fizera com o planalto da Nigéria do sonho! Desistiu, sacudiu a cabeça para afastar a ideia e apanhou a camisa e a calça largadas ao lado da cama. A dor que sentiu pelo corpo todo ao curvar-se fez com que se recordasse da briga da véspera. Saíra-se bem. Tentou recuperar o sentimento de orgulho pelo seu físico, mas foi inútil. Contemplando o mapa da África Ocidental, Bird abotoou a camisa. O planalto onde estivera em sonhos devia ser Diffa, o lugar onde havia o desenho de um javali africano em disparada. Logo acima, uma região hachurada em azul assinalava uma área protegida, onde era proibido caçar. Ou seja, mesmo que no sonho ele tivesse alcançado aquela área, não se salvaria.

Bird sacudiu de novo a cabeça e, vestindo o paletó, saiu do quarto. Ao descer as escadas, procurou não fazer barulho. Se despertasse a proprietária, uma senhora idosa que residia no andar térreo, não teria como responder a suas perguntas, afiadas pela bondade e curiosidade. Mesmo porque não sabia de nada. Simplesmente fora avisado de que havia problemas com a criança. Que devia esperar pelo pior. Tateando, procurou os sapatos no vestíbulo, girou a chave de mansinho e saiu para a luz da madrugada.

Sua bicicleta, caída na areia ao lado de uma cerca viva, estava molhada pela chuva insistente. Levantou-a e com a manga do paletó enxugou as gotas do selim de couro. Apressado, sem secar direito, aboletou-se na bicicleta e, escavando furioso a areia com o pé feito um cavalo bravo, buscou a rua por uma abertura na cerca. Em seguida sentiu frio e uma umidade incômoda nas nádegas. Para piorar, chuva. O vento vinha pela frente, molhando o seu rosto sem piedade. Bird corria com os olhos bem abertos, preocupado em não enfiar o pneu em algum buraco do pavimento. As gotas de água agrediam seus olhos. Saindo para uma rua mais larga e mais iluminada, dobrou à esquerda. O vento então passou a impelir as gotas pela direita. Melhor assim. Inclinou-se contra o vento e foi em frente, equilibrando a bicicleta. Os pneus provocavam pequenas ondulações na fina camada de água sobre o asfalto, pulverizando-a como neblina. Observando de cima, o corpo inclinado, Bird começou a ficar tonto. Levantou a cabeça. Para onde quer que olhasse, não se via viva alma na rua àquela hora do alvorecer. A densa folhagem das árvores da alameda parecia inchada, carregada como estava de gotas de água. Os troncos negros sustentavam um mar represado. Se aquele mar irrompesse, Bird seria tragado junto com a bicicleta por uma torrente impregnada do odor das folhas verdes. A folhagem saliente das ramadas altas se agitava ao vento. Sentiu-se ameaçado. Ergueu os olhos para o céu. A leste, retalhada pelas copas cerradas do arvoredo, uma leve tintura rosada se espalhava sobre um fundo cinza-escuro, prenúncio de sol num céu tristonho, atormentado por nuvens negras, bando de cães selvagens em corrida desordenada. Pássaros de cauda longa, atrevidos como gatos, passaram diante de Bird, fazendo-o perder o equilíbrio. Gotículas prateadas infestavam como piolhos as longas penas verde-claras. Deu-se conta de que estava atemorizado, com os sentidos da visão, da audição e do olfato estranhamente aguçados. Alguma coisa ruim estava para acontecer. Experimentara aquela espécie de premonição em seu longo período de bebedeira.

Bird baixou a cabeça e curvou-se, aplicando todo o peso do corpo aos pedais, para dar maior velocidade à bicicleta. Vivia novamente a sensação daquela malograda fuga no pesadelo, e continuou correndo. Rompeu com os ombros um galho delgado de um castanheiro. O galho quebrado voltou feito mola e feriu sua orelha, mas ele não parou. As gotas de chuva passavam assobiando pela orelha machucada.

Os freios da bicicleta soaram como um lamento. Chegara ao estacionamento do hospital. Molhado, cachorro saído do banho. Teve um forte estremecimento e sacudiu-se todo. A viagem até ali lhe pareceu longa e cansativa.

À entrada do consultório, Bird se recompôs e espiou o interior obscuro.

— Eu sou o pai — disse com voz cansada para um grupo de rostos indistintos que o aguardava. Estranhou que as pessoas estivessem sentadas ali sem ao menos acender a luz.

Bird avistou a sogra, sentada, ocultando metade do rosto com a manga do quimono, como se estivesse nauseada. Sentou-se numa cadeira ao lado dela, sentindo a roupa úmida agarrada à pele nas costas e nas nádegas. Um ligeiro tremor perpassou-lhe o corpo. Pequena convulsão desta vez, de um pinto molhado e debilitado, nada semelhante ao forte estremecimento que o sacudira ao chegar ao estacionamento.

Com a visão acomodada à obscuridade, Bird percebeu três médicos sentados em silêncio, como juízes num tribunal. Observavam-no atentamente, aguardando que se ajeitasse em seu lugar. Fosse um tribunal, haveria algo como uma bandeira nacional simbolizando a autoridade da Justiça. Ali, em lugar da bandeira, o que havia era uma estampa representando a anatomia do corpo humano. Devia ser a bandeira deles, símbolo particular da autoridade médica.

— Eu sou o pai — repetiu, aflito e impaciente.

— Sim, sim — respondeu o médico do meio (o diretor do hospital, Bird o vira lavando as mãos ao lado da esposa que gemia) um pouco na defensiva, talvez por ter percebido alguma farpa na voz de Bird.

Atento, Bird esperou que ele prosseguisse, mas o diretor-

-médico puxou um cachimbo do bolso do avental sujo e amarrotado e pôs-se a enchê-lo de tabaco, sem passar imediatamente às explicações. Era baixote e gordo, um barril. A obesidade lhe dava um ar pachorrento de autoridade afetada. O colarinho aberto mostrava um peito peludo, parecia o lombo de um camelo. Os pelos se espalhavam por toda a área sobre os lábios e sob as orelhas, até a bolsa de gordura debaixo do queixo. Não teve tempo nem mesmo para barbear-se esta manhã, refletiu Bird sensibilizado, um indício da batalha sem tréguas, desde a tarde de ontem, pelo meu filho. Contudo havia alguma coisa suspeita naquele homem peludo de meia-idade que prejudicava o livre curso de seus sentimentos. Alguma coisa severamente contida a revolver-se por baixo da pele peluda do diretor, que saboreava sua baforada de cachimbo deixando Bird em alerta.

Finalmente, o diretor transferiu o cachimbo dos lábios carnudos e úmidos para a enorme mão de tigela, e, fitando-o diretamente nos olhos, perguntou à queima-roupa, em voz alta e dissonante:

— Então, vamos ver a mercadoria?

— A criança morreu? — Bird perguntou ansioso.

Surpreso por ter sido assim interpretado, o diretor procurou neutralizar a impressão com um sorriso ambíguo.

— Não, não! Por enquanto, chora com voz forte e se mexe com vigor.

A sogra suspirava sugestivamente, exagerando a apreensão. Não estivesse com a boca sob a manga do quimono, o suspiro teria soado como o formidável arroto de um bêbado gorducho, consternando-o e aos médicos. Estava completamente exausta ou, quem sabe, tentava preveni-lo da profundeza do lodaçal em que o casal se atolara.

— Vamos, então, à mercadoria? — repetiu o diretor, e o médico da direita se levantou. Magro e alto, apresentava uma certa dissimetria entre o olho direito e o esquerdo de seu rosto ossudo, um deles impaciente e o outro calmo. Como ele, Bird levantou-se também, mas logo voltou a sentar-se. O olho bonito do médico era de vidro.

— Antes, eu gostaria que me explicasse... — disse, ainda mais apreensivo. Em algum lugar, nas malhas de seu sentimento, enroscava-se a aversão ao termo mercadoria, utilizado pelo diretor.

— Está certo, vai assustar-se se estiver desprevenido. Até eu me assustei, quando ele saiu!

Nisso, as pálpebras gordas do diretor enrubesceram e ele começou a rir baixinho, um riso de criança. Ali estava, naquele riso, o que notara de suspeito, escondido sob a pele peluda do diretor e disfarçado por seu sorriso ambíguo. Bird lançou um olhar enfurecido para o outro. O diretor continuava a rir, mas Bird percebeu que ria porque estava constrangido. Extraíra de entre as pernas de uma mulher um monstro de formas indefinidas. Quem sabe, com cara de gato e corpo inchado como um balão. Ria, desolado e envergonhado por ter trazido ao mundo um ser repulsivo. Maculara sua dignidade profissional de médico obstetra experiente. Fizera papel de charlatão numa comédia de terceira categoria. Atônito, perturbado, consumia-se agora nas chamas da vergonha. Bird nem se mexeu. Esperou com paciência que o acesso de riso terminasse. Um monstro, sabia, mas que espécie de monstro? O termo mercadoria, utilizado pelo médico, sugerira em sua mente o termo monstro. Agora, os espinhos da palavra o arranhavam por dentro. O espanto dos médicos quando ele lhes dissera ser o pai talvez fosse explicável. Teria, quem sabe, soado aos ouvidos deles como: eu sou o pai do monstro!

Logo, o diretor se recompôs. Voltava-lhe a austeridade sombria. Entretanto, o rubor de sua face e de suas pálpebras não se apagara. Lutando para conter o turbilhão de ansiedade provocado pela ira e pela apreensão, Bird perguntou:

— Por que eu ficaria assustado?

— Pelo aspecto externo, quer dizer, a impressão que se tem é que são duas cabeças. O senhor conhece "Sob o estandarte da águia bicéfala", de Wagner? Pois é, muito espantoso!

O diretor, quase subjugado novamente pelo acesso de riso, dessa vez se conteve a custo.

— Algo como gêmeos siameses? — perguntou Bird amedrontado.

— Não, ele apenas aparenta ter duas cabeças. Quer olhar a mercadoria?

— Do ponto de vista médico...

— É uma hérnia cerebral. Por um defeito de formação do crânio, o cérebro extravasou. É o primeiro caso, desde que me casei e construí este hospital. Um caso muito raro, e por isso me espantei.

Hérnia cerebral. Tentou imaginar como seria, mas nenhuma imagem concreta lhe ocorreu.

— Há alguma esperança de vida normal para crianças com esse tipo de defeito? — perguntou Bird, ainda atordoado.

— Esperança de vida normal! — explodiu de repente o diretor. — Trata-se de uma hérnia cerebral! Ainda que abríssemos a caixa craniana e reintroduzíssemos nela a parte do cérebro que extravasou, a possibilidade seria apenas de uma vida vegetativa, e isso com muita sorte. O que o senhor quer dizer com vida normal?

O diretor meneou negativamente a cabeça para os outros dois, mostrando-se estupefato com a estupidez da pergunta. Tanto o médico do olho de vidro como o outro, silencioso, revestido desde o alto da testa até o pescoço por uma pele uniformemente mate, apressaram-se em assentir. Dirigiam a Bird um olhar reprovador, de mestre para aluno ao ouvir respostas erradas no exame oral.

— Então o bebê vai morrer logo?

— Não imediatamente. Quem sabe amanhã, quem sabe um tempo mais. Trata-se de um bebê vigoroso.

Falava num tom puramente profissional.

— O que pretende fazer?

Bird ficou quieto. Sentia-se miseravelmente confuso, um menino castigado. Que mais poderia fazer, naquele jogo de xadrez em que o diretor o encurralava no tabuleiro? Perguntava o que pretendia fazer... Fazer o quê? Esmurrar o joelho e chorar?

— Se quiser, posso transferir o bebê para o hospital anexo à Faculdade de Medicina. Veja bem, se quiser!

Parecia propor um quebra-cabeça ardiloso.

— Se não há alternativa... — disse Bird, lutando para enxergar por entre a névoa da desconfiança.

— Não há alternativa — afirmou o diretor, e acrescentou: — Vai sentir-se melhor, fez o que pôde.

— Não é possível deixar a criança aqui, como está?

Sobressaltados, Bird e os médicos se voltaram para a autora da pergunta: a sogra, imóvel, perfeita ventríloqua, a mais triste deste mundo. O diretor-médico apreciou-a com cuidado, dir-se-ia um comprador examinando o produto para regatear o preço.

— Isso é impossível! É uma hérnia cerebral, é impossível!

Queria livrar-se da responsabilidade, era por demais evidente, chegava até a ser deselegante. Contudo, a sogra deixou-se ficar com a boca tapada, sem mexer um dedo.

— Vamos levar o bebê para o hospital da faculdade — Bird decidiu.

O diretor reagiu com rapidez. Com a presteza de um empresário eficiente, ordenou aos dois médicos que entrassem em contato com o hospital e providenciassem uma ambulância.

— Vou mandar um médico nosso na ambulância. Não se preocupe, por enquanto nada acontecerá — disse, quando os dois médicos partiram para as providências. Enquanto falava, abastecia de novo o cachimbo, profundamente aliviado, como quem tivesse se livrado de uma carga suspeita.

— Muito obrigado!

— Seria melhor sua sogra fazer companhia à mãe. Por que não vai até em casa trocar essa roupa molhada? A ambulância só ficará pronta dentro de uns vinte minutos.

— Vou fazer isso.

O diretor aproximou-se dele e, com o ar cúmplice de quem vai segredar uma piada indecente, sussurrou-lhe ao ouvido:

— Claro, você pode recusar a operação!

Coitado, pensou Bird. A primeira pessoa que o meu pobre bebê encontrou neste mundo foi esse baixote peludo e gordo. Ainda atordoado, seus sentimentos de raiva e tristeza mal se cristalizavam para logo se desfazerem feito espuma.

Bird, o diretor e a sogra caminharam juntos e calados até a sala de espera dos visitantes. Ali, Bird voltou-se para se despedir da sogra. Ela parecia querer dizer-lhe algo. Seus olhos eram os de sua mulher, as duas pareciam irmãs. Bird esperou. Entretanto, ela continuava calada. O olhar sombrio se apagava a cada instante. Visivelmente envergonhada, nua em público. Vergonha densa e palpável formigando por todo aquele rosto. Por que seria? Virando-se para o diretor, perguntou:

— É menino ou menina?

Apanhado de surpresa, o diretor recomeçou seu estranho riso. Atrapalhou-se como um jovem interno.

— Como foi mesmo? Não me lembro, acho que vi um pênis!

Bird saiu sozinho para o estacionamento. A chuva cessara e o vento estava mais ameno. As nuvens dispersas pelo céu pareciam claras e secas. A manhã já deixara de todo o domínio das sombras e se fazia luminosa. Pairava no ar a inebriante frescura típica do início de verão. Os reflexos do sol no pavimento úmido e na folhagem densa das árvores da alameda faiscavam brancos e sólidos. Dardos de geada agrediam as pupilas de Bird, acostumadas à suavidade dos resquícios da noite no interior do hospital. Ele se preparou para enfrentá-los pedalando a bicicleta. De repente, assaltou-o a sensação de estar no alto de um trampolim, a vista sonolenta perdida no espaço, longe da terra. Sentiu-se extenuado, frágil inseto colhido numa teia de aranha.

Se você quiser, pode até partir agora na sua bicicleta, daqui para algum lugar ermo, e afogar-se em bebida por centenas de dias. Uma voz do céu lhe sussurrava essa mensagem infame. Banhado na luz matinal, procurando manter-se sobre a bicicleta visivelmente desestabilizada, Bird esperou por nova mensagem. Contudo, ela não se repetiu. Refeito, começou a pedalar vagarosamente a bicicleta, com toda a disposição de um bicho-preguiça.

Na quitinete, de pé e completamente despido, Bird se inclinava de mão estendida para apanhar uma camiseta nova sobre o aparelho de televisão. Ao ver o braço nu, de repente tomou consciência da nudez de seu corpo. Passou de relance a vista pelo pênis, como quem apanha com os olhos um camundongo fugaz, e ardeu de vergonha. Pulando como feijão em panela quente, enfiou uma cueca e vestiu a roupa. Agora, já era um elo da corrente de vergonha que unia a sogra e o médico-diretor. O corpo humano, imperfeito e frágil, sujeito a riscos de toda espécie — coisa vergonhosa! Fugiu da quitinete cabisbaixo, confuso como menina apanhada no vestiário de um estádio de futebol. Fugiu escadas abaixo, fugiu pela porta de entrada. Fugiu aboletado em sua bicicleta, deixando tudo para trás. Se possível, fugiria até do próprio corpo vergonhoso.

Correr de bicicleta representava melhor aquela fuga do que andar a pé...

Pedalando, Bird viu um homem de branco sair correndo pela porta do hospital. Tinha nas mãos uma coisa que lembrava uma cesta de flores secas. Abrindo a multidão que se formara, o homem sumiu no interior de uma ambulância pela porta traseira do veículo. Uma parte de Bird, a mais frágil, sensível e covarde, teria preferido assistir a essa cena a milhares de quilômetros de distância. E contudo estava se aproximando dela, não havia escolha. Procurou parecer um transeunte despreocupado passeando de manhã. Avançava, lutando para vencer uma resistência tenaz e pegajosa, toupeira escavando uma parede ilusória de barro viscoso.

Bird contornou a multidão e estacionou a bicicleta. Desceu e agachou-se para passar a corrente ao redor do pneu sujo de barro. Passava o cadeado na corrente quando foi mordido por trás por uma voz irada que o recriminava:

— Não largue a bicicleta aí!

Virou-se assustado e deu com o diretor repreendendo-o. Bird carregou a bicicleta no ombro e foi escondê-la entre as plantas do jardim. As folhas escorreram sua carga de água para dentro de sua gola, até as costas. Bird era normalmente irritadiço e resmungão, vivia sempre insatisfeito, mas já não reagia a esses pequenos aborrecimentos. Aceitava-os com naturalidade, sem reclamar. Nem mesmo extravasara a irritação com um estalo de língua.

Saindo do jardim com os sapatos sujos, Bird encontrou o diretor. Um pouco arrependido da severidade anterior, o diretor lhe envolveu o ombro com o braço curto e gordo e o levou até a ambulância. A caminho segredou-lhe, todo excitado, como se estivesse contando uma grande novidade:

— É menino. Eu tinha certeza de ter visto um pênis!

Já ocupavam a ambulância o médico de olho de vidro — com um berço de vime de um lado e uma bomba de oxigênio de outro — e um bombeiro de tez morena em roupa branca. Não foi possível enxergar o interior do berço, as costas do bombeiro impediam a visão. O oxigênio borbulhava suavemente num frasco de água, misteriosa mensagem transmitida em código. Bird se instalou no banco oposto ao deles. Sensação desconfortável, pois sentara sobre uma maca de lona deixada no assento. Procurou ajeitar-se. Espiou pela janela da ambulância e levou um susto. Uma multidão de gestantes tomava todas as janelas do segundo andar do hospital, e também as varandas. Olhavam na direção dele. Deviam ter acordado naquela hora, exibiam a pele alva ao sol da manhã. Vestiam pijamas de tecido sintético leve e colorido que lhes chegavam aos calcanhares. A brisa suave agitava o longo tecido dos pijamas das mulheres nas varandas. Uma revoada de anjos flutuando no céu. Bird percebeu aflição e expectativa, e até excitação nos semblantes delas, e então baixou os olhos.

Acionando a sirene, a ambulância se pôs em movimento. Quase arremessado do banco, Bird fincou os pés no piso com toda a força. Sirene danada! Sirenes sempre lhe haviam parecido um corpo em movimento. Vinham de longe, passavam e iam embora. Mas aquela, como uma peste, não o largava.

— Está tudo bem.

O médico de olho de vidro voltava-se para ele.

— Muito obrigado.

A demonstração sutil de autoridade, perceptível nas maneiras do médico, o dissolvia feito torrão de açúcar. Deixava-o submisso ao extremo, um cão repreendido. Esse fato eliminou de vez as sombras de incerteza e desconfiança no olhar do médico. Ele passava a exercer com segurança sua autoridade.

— Este caso é realmente raro. É o primeiro, também para

mim — assegurou, assentindo com a cabeça. Depois, driblando as sacudidas da ambulância com agilidade, sentou-se ao lado de Bird. Nem se incomodava com o desconforto da maca de lona sobre o assento.

— O senhor é neurologista? — perguntou Bird.

— Não, não, sou obstetra — corrigiu. Já não se deixava perturbar por aquele tipo de pequeno mal-entendido. — Nosso hospital não possui neurologistas, mas no caso as evidências são muito claras! Trata-se, sem dúvida nenhuma, de hérnia cerebral. Seria possível obter uma visão mais clara do quadro se pudéssemos extrair o líquido cervical, introduzindo uma agulha na bolsa da cabeça. Mas é perigoso, existe o risco de atingirmos acidentalmente o cérebro com a agulha. Aí seria um desastre! Por isso estamos levando a criança para o hospital da faculdade. Sou obstetra, mas um caso como esse, de um bebê com hérnia cerebral, é uma boa oportunidade para mim, e quero estar presente na autópsia. O senhor, claro, concordará com a autópsia, não? Parece desagradável abordar com franqueza o assunto num momento como este, mas é assim que a medicina progride, concorda? Isso ajudará a salvar a vida do próximo bebê que nascer com esse defeito. E, se me permite ser mais franco ainda, acho que será melhor, tanto para o bebê como para os pais, que ele morra logo. Há pessoas que alimentam um estranho otimismo em casos como o deste bebê, mas acho que para ele não há felicidade maior do que a morte. Pelo menos eu penso assim, será coisa da minha geração? Sou de 1935, e o senhor?

— Mais ou menos dessa época — disse Bird, sem conseguir converter prontamente o ano de seu nascimento para o calendário ocidental. Perguntou:

— O sofrimento é grande?

— O da nossa geração?

— Não, falo do bebê.

— A questão é o que se entende por sofrimento. Esse bebê não possui os sentidos da visão, audição e olfato. Acho que as áreas sensíveis à dor também estão limitadas. Usando as palavras de nosso diretor, ele é um ser, ah, em estado vegetativo. Você é desses que acreditam que as plantas sofrem?

Bird ficou pensativo. Seria desses que acreditam que as plantas sofrem? Teria alguma vez meditado sobre o sofrimento de um repolho ao ser mordido por uma cabra?

— Então, o que acha? Um bebê em estado vegetativo pode ter algum sofrimento?

Bird meneou negativamente a cabeça. Sinceramente, aquela pergunta ultrapassava o discernimento de sua mente conturbada. Até então, não fora homem de render-se assim, sem resistência, aos argumentos de um estranho.

— Parece que a absorção de oxigênio não vai bem — avisou o bombeiro. O médico levantou-se prontamente para examinar o tubo de borracha.

Só então Bird viu pela primeira vez o filho. Um bebê feio, de rosto pequeno e avermelhado coberto de rugas e de plaquetas de gordura. As pálpebras eram duas conchas fortemente cerradas, e tubos saíam das narinas. A boca aberta num grito silencioso exibia a cavidade bucal rosada, lustrosa como uma pérola. Levado por um impulso, Bird ergueu-se até as pontas dos pés e espiou a cabeça enfaixada do bebê. A parte traseira estava pousada numa grande quantidade de algodão ensanguentado, mas notava-se ali, claramente, a existência de uma estranha protuberância.

Desviando os olhos da criança, Bird sentou-se novamente e, com o rosto colado à janela, contemplou as ruas da cidade que retrocediam. Os transeuntes, assustados com a sirene, viravam-se com a mesma expressão de curiosidade e expectativa da multidão de gestantes que ficara para trás. Estacavam imóveis em poses absurdas, parecendo um fotograma congelado. Uma pequena e surpreendente fresta se abria de repente na rotina de suas vidas. Mostravam até um ingênuo respeito. Meu filho está com a cabeça toda enfaixada, como Apollinaire ferido na guerra. Ferido na cabeça num campo de batalha sombrio e solitário, nem sei onde. Envolto em faixas como Apollinaire, soltando um grito sem voz...

Bird começou a chorar. A imagem de Apollinaire enfaixado simplificava os seus sentimentos, dava-lhes uma direção. O sentimentalismo o abrandava, e isso era aceitável, podia ser justificado. Descobria até certa doçura em suas lágrimas. Meu filho chegou com a cabeça toda enfaixada, como Apollinaire. Foi ferido num campo de batalha sombrio e solitário, que nem sequer conheço. Preciso dar-lhe um funeral condigno, o funeral de alguém que morreu combatendo. As lágrimas de Bird não cessavam.

# 3.

Sentado num degrau da escadaria em frente à UTI neonatal, abraçando os joelhos com as mãos sujas, Bird lutava com o sono insistente que o dominara após as lágrimas. Nisso, saiu da sala o médico do olho de vidro. Estava aborrecido e perturbado, nem parecia o mesmo da ambulância. Disse a Bird, que se levantou:

— São todos uns burocratas, nem mesmo as enfermeiras me atendem direito. Eu trouxe um cartão de apresentação do nosso diretor dirigido a um parente dele, médico, catedrático da faculdade a que pertence este hospital, mas aqui ninguém o conhece!

Nesse momento Bird entendeu por que o médico parecia tão irritado. Fora tratado como criança, e isso afetara sua autoestima.

— E o bebê? — perguntou Bird com delicadeza, procurando abrandar o humor do médico.

— O bebê? Ah, sim, o caso ficará bem esclarecido após a visita do neurologista. Isto é, se o bebê aguentar até lá. Caso contrário, a autópsia poderá esclarecer ainda melhor as coisas.

Não creio que resista até amanhã. Por que o senhor não volta amanhã, por volta das três da tarde? Mas fique avisado, este hospital está cheio de burocratas! Arre, até as enfermeiras!

Para livrar-se de novas perguntas, o médico começou a andar, o olhar perdido no espaço, o olho bom tão inexpressivo quanto o de vidro. Sem outro recurso, Bird foi atrás com o cesto onde o bebê fora posto, agora vazio, carregando-o ao lado do corpo, apoiado no quadril, como uma lavadeira.

Quando chegaram ao corredor que unia a ala de internação à sede do hospital encontraram o motorista da ambulância e o operador de oxigênio, ambos bombeiros, fumando enquanto aguardavam por eles. O grupo, com o médico à frente, atravessou o corredor rumo ao pavilhão principal. Bird ia atrás, com os bombeiros, levando o berço.

Os bombeiros logo perceberam que a boa disposição que o médico de olho de vidro demonstrara na ambulância o abandonara. Fosse como fosse, eles próprios também estavam despojados da estoica dignidade com que se haviam portado, em seus uniformes, com a ambulância correndo feito um jipe em pleno descampado, violando com a ruidosa sirene os sinais de trânsito dos cidadãos bem-comportados. Vistos por trás, os dois pareciam gêmeos univitelinos, a calvície igualmente instalada no alto das nucas magras. Tinham compleição mediana e já não eram jovens.

— Quando o dia começa com o serviço de bombas de oxigênio, é sinal de que você vai usar bombas de oxigênio até altas horas! — comentou o encarregado da bomba com a voz cheia de sentimento.

— É o que você sempre diz — respondeu o motorista, no mesmo tom.

O médico ignorou o pequeno diálogo entre os bombeiros e Bird tampouco lhes deu atenção. Vendo, porém, que eles procuravam reanimar-se do abatimento em que estavam, fez com a cabeça um sinal encorajador ao encarregado da bomba de oxigênio. O bombeiro achou que Bird havia falado com ele e lhe deu pronta atenção:

— Sim? — e ficou à espera. Bird viu-se obrigado a dizer alguma coisa.

— Ao voltar, a ambulância pode usar a sirene e cruzar os semáforos fechados? — confuso, Bird saiu-se com essa pergunta.

— Ao voltar, a ambulância, quando volta? — repetiram os dois juntos, num perfeito dueto de bombeiros. Calados, entreolharam-se durante alguns instantes. De repente, enrubescidos como se tivessem bebido, caíram num riso incontido.

Bird se irritou, tanto com a estupidez da própria pergunta como com o riso dos bombeiros. Sua irritação se ligava por um conduto delgado a um enorme e sombrio reservatório dentro dele, de irritações reprimidas que haviam se acumulado ali desde o amanhecer, com pressão crescente, sem ter por onde escoar. Os bombeiros, porém, se arrependeram imediatamente da falta de respeito para com o jovem e infeliz pai, e sua contrição evidente fechou uma válvula no conduto que levava à fúria de Bird. Mais do que isso, ele agora se recriminava pelo constrangimento que provocara nos bombeiros. Afinal, fora ele quem iniciara o anticlímax, com sua pergunta ridícula. E a pergunta não brotara de uma lesão profunda em sua mente corroída pelo ácido da insônia e da tristeza? Seria essa a causa? Bird olhou para o interior do cesto que servira de berço ao bebê. Espaço inútil, cavidade aberta sem necessidade. No fundo, apenas um cobertor dobrado e um chumaço de algodão e gaze. O sangue que ainda estava neles não perdera a cor, mas já não evocava a imagem de seu bebê — a cabeça enfaixada, os tubos introduzidos nas narinas por onde, aos poucos, ele inalava o oxigênio. Bird nem se lembrava direito da cabeça anômala e das plaquetas de gordura na pele avermelhada. O bebê escapava a toda a velocidade de sua memória, produzindo-lhe um alívio culpado que se alternava com um receio profundo. Em breve terei esquecido a criança, esse ser vindo do tenebroso infinito só para passar nove meses em estado embrionário e experimentar poucas horas de insuportável mal-estar para em seguida despencar outra vez em sombras terminais. É possível que eu logo esqueça tudo isso, mas estou seguro de que me verei diante dessa recordação quando chegar a minha hora. E se isso me duplicar o pavor e o sofrimento da morte, terei ao menos ressarcido uma pequena parcela de minha dívida de pai.

Chegaram à entrada do hospital. Os dois bombeiros saíram correndo para o estacionamento. Eles conviviam com emergências. Correr e ofegar fazia parte de sua rotina de trabalho. Atravessaram a extensa área de concreto luzidio agitando os braços como se o próprio demônio lhes mordesse os fundilhos. Enquanto isso, o médico de olho de vidro se comunicava com o diretor do seu hospital pelo telefone público e relatava a situação em pouquíssimas palavras. Não havia muito que dizer. Em seguida a sogra de Bird foi ao telefone. O médico se virou para ele.

— É a sua sogra. Já comuniquei a ela as providências tomadas quanto ao bebê. Quer dizer-lhe alguma outra coisa?

Não!, Bird gostaria de gritar. Depois das frequentes ligações da véspera à noite, a voz da sogra em seus ouvidos através da linha telefônica era uma das causas da paranoia que o atormentava. A voz se parecia com a da mulher, só que com uma tonalidade infantil. Chegava insegura e tênue como o zumbido de um pernilongo. A contragosto, Bird largou o cesto no chão de concreto e segurou o fone.

— Preciso voltar aqui amanhã à tarde para saber qual foi o diagnóstico do neurologista.

— Mas para quê? Para que isso? — recriminava a sogra com aquela voz detestável.

— É preciso, o bebê ainda está vivo!

Bird aguardou, prevendo conflito, mas o que ouviu foi apenas a respiração curta e ofegante.

— Estou indo agora para aí, para lhe explicar melhor — disse Bird. Ia desligar, quando a sogra voltou a falar, afobada.

— Ah, não, não venha para cá! Eu disse à minha filha que você está num hospital cardiológico acompanhando o bebê, que foi internado lá. Se você aparecer, ela vai ficar desconfiada. Vamos esperar alguns dias, até que ela se recupere. Nesse momento você poderá voltar e dizer a ela que a criança faleceu em decorrência de problemas no coração. Assim será mais natural. Mantenha contato apenas por telefone.

Bird concordou. Começou a dizer que então procuraria o sogro para relatar-lhe os acontecimentos, quando ouviu um estalo. A sogra havia cortado a ligação. Decerto ela vinha suportando com paciência a voz de Bird, desagradável também para ela. Bird recolocou o fone no gancho e apanhou o cesto do chão. O médico já se encontrava na ambulância trazida do estacionamento. Sem reunir-se a ele, Bird se limitou a depositar o cesto sobre a maca de lona no assento do veículo.

— Muito obrigado por tudo. Podem deixar que eu me viro — disse ao médico e aos bombeiros.

— Vai voltar sozinho? — perguntou o médico.

— Sim.

Na verdade, queria dizer que se afastaria dali sozinho. Não pretendia voltar, ia procurar o sogro para informá-lo de tudo. Depois, teria um tempo livre. Melhor que voltar para junto da sogra e da mulher. Um alívio.

O médico fechou a porta e a ambulância se pôs em marcha, respeitando os limites de velocidade. Silenciosa, ex-monstro afônico e impotente. Pela mesma janela de onde estivera contemplando em lágrimas os transeuntes uma hora antes, Bird viu que o médico e o operador de oxigênio se aproximavam, trôpegos, do motorista. Não se preocupou com o que os três poderiam falar dele e da criança. A ideia da folga repentina, um tempo só dele por determinação da sogra ainda há pouco ao telefone, injetava-lhe sangue novo no cérebro. Seguiu a ambulância e começou a atravessar o pátio, espaçoso como um campo de futebol. Ao chegar ao centro do pátio, voltou-se para rever o edifício de onde acabara de sair, abandonando seu primogênito à beira da morte. Um bebê pequenino, abrindo em tênue grito a boquinha vermelha, lustrosa como pérola, grão de areia naquela enorme construção. Arquitetura imponente, uma fortaleza. Ao voltar aqui amanhã, eu talvez me perca nos corredores dessa fortaleza e nem consiga encontrá-lo. Meu filho, talvez morto, quiçá moribundo. Em largas passadas, cruzou o portão do hospital e se viu na rua.

Bird caminhava. As horas eram as melhores do dia do verão entrante, a manhã prestes a findar. Uma brisa suave evocava-lhe as excursões dos tempos de escola, e mil insetos de prazer formigavam pelo seu rosto e pelos lobos das suas orelhas, arrepiando a pele intumescida pela falta de sono. Quanto mais afastadas do controle da consciência, melhor as células nervosas da pele apreendiam a beleza daquelas horas e o clima inebriante de liberdade, que já começavam a se propagar para a flor da própria consciência.

Antes do encontro com o sogro, lavaria o rosto e faria a barba. Pouco depois, encontrou uma barbearia. O barbeiro, já nos primeiros anos da idade senil, recebeu-o com naturalidade e conduziu-o até uma das poltronas. Não percebeu o ar infeliz daquele cliente em particular. Melhor assim. Faria o possível para ser o freguês comum que aquele barbeiro desconhecido vira. Afastaria a tristeza e a aflição. Fechou os olhos, e uma toalha quente recendendo a esterilizante lhe aqueceu o rosto e o queixo. Lembrou-se de uma história divertida sobre uma cena numa barbearia, que ouvira quando criança. Um aprendiz de barbeiro apanhara a toalha para aplicar sobre o rosto de um cliente. A toalha veio escaldante. Não conseguindo mantê-la nas mãos até que esfriasse, o aprendiz jogou-a no rosto do freguês. Desde então, sempre que lhe aplicavam a toalha quente numa barbearia, Bird não conseguia reprimir o riso. Percebeu que sorrira. Estremeceu, pois isso era inadmissível. Na mesma hora, afugentou o sorriso e pensou no sofrimento do filho. Sorriso, agora, era prova de crime.

Bird meditava sobre a infelicidade do bebê pelo ângulo que lhe era mais doloroso: a morte de um recém-nascido em estado vegetativo. Fosse destituída de sofrimento, o que seria essa morte para um ser com funções apenas vegetativas? E que dizer da vida? Broto de existência que desabrocha na vastidão de bilhões de anos da planície do nada, que evolui por nove meses. O feto, é claro, não possui consciência alguma. Está lá todo encurvado, ocupando sozinho um mundo escuro, quente, viscoso e macio. Depois, arrisca a saída para o mundo externo. Frio, duro, seco, agressivamente luminoso. Imenso, impossível ocupá-lo sozinho, convive agora com uma multidão de indivíduos. Para um bebê em estado vegetativo, a permanência neste mundo significa apenas algumas horas de tênue sofrimento sem nenhum sentido. Depois, um instante de parada respiratória para se tornar um grão de pó da planície infinita do nada, por bilhões de anos. E se houver um juízo final, o que será desse bebê, quase um vegetal, morto logo ao nascer? Na qualidade de quê seria convocado a esse juízo? Acusado de quê, julgado de que forma? Não seriam um caso de insuficiência de provas, para qualquer juiz, os breves momentos do bebê sobre a terra, chorando com a língua trêmula na boca aberta, lustrosa como pérola? Claramente um caso de insuficiência de provas, pensou Bird, a respiração tolhida por um temor crescente. Se eu fosse convocado para testemunhar, não conseguiria nem reconhecer o rosto de meu filho. A não ser, talvez, pela deformação da cabeça. Bird sentiu uma dor aguda no lábio superior.

— Não se mexa! Está vendo, eu o machuquei! — sussurrou o barbeiro, ameaçador, curvando-se sobre ele com a navalha suspensa diante de seu nariz.

Bird levou o dedo ao lábio e o trouxe até diante dos olhos. Estava sujo de sangue. A mancha lhe despertou uma ligeira náusea no fundo do estômago. Tinham, ele e a mulher, o mesmo tipo sanguíneo, A. Idêntico, com certeza, ao do pouco mais de um litro de sangue existente nas veias do pobre bebê à morte. Escondeu o dedo sob o avental branco e fechou os olhos, segurando o estômago. O barbeiro raspou com cuidado a barba, evitando o pequeno ferimento. Em seguida, barbeou as faces e o queixo com uma rapidez quase brutal. Talvez quisesse recuperar o tempo perdido.

— Não quer lavar o cabelo?

— Não, obrigado.

— Mas está sujo, tem sujeira entre os cabelos — observou o barbeiro, contrariado.

— Levei um tombo ontem à noite, é por isso — desculpou-se Bird, descendo da cadeira e examinando a face recém-barbeada no espelho, luminoso como uma praia ensolarada. Os cabelos estavam realmente sujos e endurecidos, pareciam palha, mas a pele, desde o rosto anguloso até o queixo, estava corada e fresca. Ventre de truta rosada. Se pelo menos o brilho voltasse aos olhos cor de goma-laca, a suavidade às pálpebras repuxadas e o tique nervoso deixasse os lábios finos, teria visto um Bird remoçado, bem diferente daquela imagem de ontem à noite, refletida na vitrina da livraria. Muito mais jovem e cheio de vida. Mas se deu por satisfeito. Ótimo ter ido ao barbeiro antes de visitar o sogro. Conseguira de alguma forma encontrar um elemento positivo em seu balanço emocional, que desde a madrugada pendia para o negativo. Examinou o sangue coagulado numa pequena pinta triangular, à direita sob o nariz, e saiu da barbearia. Levaria algum tempo para chegar à universidade onde o sogro era professor. A bela coloração da pele produzida pela toalha e pela navalha já teria fenecido até lá. Mas ele também já teria extirpado com a unha a crosta formada pelo sangue coagulado. Assim, o sogro não o veria ridiculamente aparvalhado como um cachorro surrado em briga. Andando a passos largos, procurava por um ponto de ônibus quando se lembrou do dinheiro extra, em seu bolso desde a noite anterior. Levantou a mão e parou um táxi que passava naquele instante.

Bird desceu em frente ao portão principal da universidade, em meio à multidão de estudantes que saía para o intervalo do almoço. Cinco minutos depois do meio-dia, entrou pelo pátio e dirigiu-se a um estudante corpulento para informar-se sobre a localização da Sala de Pesquisa do Curso de Literatura Inglesa. Sorrindo afetuosamente, o estudante disse:

— Olá, mestre, há quanto tempo!

Surpreso, Bird encarou o rapaz.

— Fui seu aluno no cursinho, lembra-se de mim? Tentei as universidades públicas, fracassei em todas. Meu pai então fez uma doação a esta universidade, e foi assim que consegui ingressar. Pela porta dos fundos, mestre!

— Ah, você agora é um estudante aqui! ótimo!

E lembrou-se dele. Olhos e nariz redondos, de camponês alemão saído das ilustrações dos contos de fadas dos irmãos Grimm. Compunham uma feição até agradável.

— Mas então o cursinho foi inútil.

— Não, mestre, estudar nunca é inútil, mesmo não se aprendendo nada. Assim é o estudo!

Sentindo-se ridicularizado, Bird fez cara feia. Mas, com todo o seu corpanzil, o rapaz não demonstrava outra coisa senão amizade. Recordou-se agora, o rapaz era um medíocre notório numa classe de cem alunos. Por isso era capaz de lhe comunicar sem nenhum constrangimento e com toda a simplicidade ter entrado pela porta dos fundos daquela universidade de segunda categoria e ainda mostrar-se grato pelas aulas no cursinho que para nada lhe haviam servido. Fizesse parte dos outros noventa e nove por cento, teria preferido evitar o encontro com o mestre Bird, professor do cursinho.

— Foi bom ouvir isso de você. As aulas do cursinho são caras...

— Não por isso. E, mestre, vai trabalhar nesta universidade agora?

Bird meneou negativamente a cabeça.

— Ah, certo. — O estudante mudou de assunto, despreocupado. — Vou levá-lo até a sala. Venha, é por aqui. É verdade, o estudo no cursinho não foi perdido. Ficou em algum lugar da cabeça, como instrução, vai ser útil algum dia. É só esperar! Afinal, estudo não é isso? Pois é, mestre!

Conduzido por aquele estudante otimista, com pendor para o Iluminismo, Bird caminhou pelo passeio de árvores frondosas até um prédio de tijolos vermelhos.

— A Sala de Pesquisa do Curso de Literatura Inglesa fica nos fundos do terceiro andar deste prédio, mestre. Não é uma grande universidade, mas quando consegui ingressar nela fiquei tão feliz que fui explorar todos os seus recantos. Hoje, conheço cada edifício daqui — disse o estudante, orgulhoso. Depois, surpreendentemente maduro, acrescentou, em tom de mofa: — Que mentalidade simples a minha, não?

— Ora, nem tanto! — disse Bird.

— Obrigado por me confortar, mestre. Até logo, e cuide-se, parece um pouco pálido.

Bird começou a subir por uma escada. Refletia sobre o ex-aluno. O rapaz tem condições para se conduzir na vida mil vezes melhor que eu. Ele nunca deixaria morrer um filho portador de hérnia cerebral. Não sabia que tinha entre meus alunos um moralista tão curioso quanto esse.

Bird espiou pela porta do departamento, à procura do sogro. Encontrou-o numa área no fundo da sala, uma espécie de varanda. Estava reclinado confortavelmente numa imponente cadeira de balanço de carvalho, digna de um presidente americano. Olhava para cima, para uma claraboia semiaberta. A Sala de Pesquisa era muito maior e mais bem iluminada que a da universidade onde Bird se formara. Dava a impressão de ser um salão de conferências. Bird soubera pelo sogro que o tratamento ali era bem melhor do que o da universidade pública de onde se transferira, aposentado. Dizia gracejando, para não se fazer de vaidoso. Que não se tratava de pura gabolice era visível, bem acomodado como estava. Inclusive pela cadeira de balanço. Com sol mais forte, seria necessário mudar a posição da poltrona ou então colocar um toldo para cobrir a varanda. Numa mesa enorme, do lado da entrada, alguns professores assistentes saboreavam cafés. Aparentemente, haviam acabado de almoçar. Os rostos corados brilhavam de suor. Bird os conhecia de vista. Eram todos proeminentes veteranos da faculdade onde se formara. Não tivesse ele perdido as estribeiras em semanas de embriaguez, mandando às favas as pesquisas de pós-graduação, estaria agora na mesma carreira daqueles professores.

Bird bateu à porta aberta e entrou pela sala, cumprimentando os veteranos da faculdade. Dirigiu-se em seguida ao sogro, que interrompera o balanço da poltrona e se voltava para trás para vê-lo. Os veteranos observavam-no sorridentes. Bird lhes parecia um sujeito curioso, mas não o levavam a sério. Um excêntrico desistente da pós-graduação em consequência das semanas seguidas de bebedeira. De qualquer forma, uma figura estranha ao círculo deles. À chegada de Bird, o sogro endireitou o encosto da cadeira e girou-a com um chiado das rodas.

— Professor! — disse Bird, fiel ao hábito dos tempos de aluno, antes de se casar com a filha do mestre.

— A criança nasceu? — perguntou o catedrático indicando-lhe uma poltrona giratória.

— Sim, nasceu. Porém... — A voz sumia, a incerteza e o receio davam-lhe um timbre desagradável, gaguejava. Mas esforçou-se para dizer de uma só vez:

— A criança nasceu com hérnia cerebral e os médicos acham que vai morrer amanhã ou depois. A mãe passa bem.

O professor não conseguira girar de todo a cadeira de balanço, impedido por uma parede, e olhava Bird meio de lado. Tinha um belo rosto leonino, emoldurado por uma cabeleira alva. A pele cor de âmbar do rosto começava visivelmente a enrubescer. As bolsas sob seus olhos se avermelhavam como se sangrassem. Bird sentiu o rubor subir-lhe às faces também. De repente, deu-se conta de toda a solidão, de todo o desamparo em que se encontrava desde a madrugada.

— Hérnia cerebral! Você viu a criança? — perguntou o professor, com voz fraca e ressequida. Algo na maneira como falou fez Bird antecipar a mesma pergunta que a mulher lhe faria, e isso despertou nele uma ponta de saudade da mulher.

— Sim, eu a vi. Estava com a cabeça toda enfaixada, como Apollinaire.

— A cabeça enfaixada, como Apollinaire... — repetiu o professor, entendendo talvez que Bird gracejava. Depois, mais para os professores assistentes do que para Bird, disse:

— Ah, nascer ou não nascer, quem poderia dizer ao certo o que é melhor hoje em dia!

Eles riram com discrição, mas de forma audível. Bird voltou-se e percebeu que também o observavam. Havia tranquilidade nos olhares, onde não se via vestígio de preocupação pela desgraça que atingia o homem, excêntrico por natureza, diante deles. Aquilo o revoltou.

— Quando tudo estiver terminado, aviso-o por telefone — disse, fitando o sapato sujo de barro.

O sogro estava silencioso. Balançava ligeiramente a cadeira, mas parecia ter perdido o prazer naquilo. Constrangido, Bird se mantinha igualmente calado. Já dissera o que tinha a dizer. Seria tão simples assim com a mulher? Poderia encerrar a conversa em breves palavras, com clareza e simplicidade? Antes fosse! Lágrimas, centenas de perguntas, falatório frustrante, a garganta doendo, a cabeça quente... depois, o garrote da amargura fechando-se em torno do casal.

— Ainda preciso ir ao hospital para algumas providências. Com licença — disse Bird depois de algum tempo.

— Obrigado por ter vindo — respondeu o professor, sem se erguer da cadeira. Aliviado por não ter sido retido, Bird levantou-se para sair. Nisso, o professor lhe falou:

— Olhe, há uma garrafa de uísque no gabinete. Leve-a consigo.

Surpreso e tenso, Bird notou que os professores assistentes haviam ficado igualmente tensos. Conheciam, decerto, tanto quanto o sogro, os detalhes da bebedeira a que se entregara por semanas a fio. Vacilou, e a fala de um jovem americano irado, contida no texto que adotava nas aulas de inglês do cursinho, lhe veio à memória: *Are you kidding me, kidding me?* Está brincando comigo, está me provocando?

Contudo agachou-se e, abrindo o gabinete, encontrou uma garrafa de Johnny Walker, que apanhou, rubro até o globo ocular com a satisfação insana que sentia. É um teste, sei disso, mas não recuso.

— Muito obrigado — agradeceu.

A tensão entre os professores assistentes relaxou. O velho catedrático, o rosto ainda afogueado entre as mãos, procurava voltar vagarosamente a poltrona à posição inicial. Com um rápido aceno de cabeça, Bird abandonou o recinto.

Transportando com cuidado a garrafa de Johnny Walker, como quem leva uma granada nas mãos, Bird desceu para o pátio pavimentado. A noção das horas de liberdade a seu dispor associava-se à garrafa de Johnny Walker, fazendo soar em sua mente o prenúncio de uma perigosa embriaguez. Amanhã, talvez um dia depois, quiçá dentro de uma semana, quando ela souber da tragédia do nascimento e morte da criança, nos veremos ambos trancados na masmorra de uma neurose cruel. Portanto, a posse da garrafa de uísque e as horas livres de hoje constituem uma reivindicação legítima. Bird procurou aplacar as vozes de apreensão que borbulhavam dentro dele, mas elas se acalmaram sem muito esforço. Ao uísque, então! Ainda meio-dia e meia. Poderia beber na sala de leitura do apartamento. Péssima ideia. Se voltasse para lá, a velha senhora locadora viria atormentá-lo com perguntas sobre o parto. E também seus amigos, pessoalmente ou por telefone. O berço branco no quarto seria um tubarão à solta, para atacar com mordidas ferozes seus pobres nervos. Bird balançou energicamente a cabeça para afastar a ideia. Melhor algum hotel barato, onde, entre desconhecidos, se trancaria para beber. Mas receava embebedar-se sozinho, fechado num quarto. Olhou com inveja a figura no rótulo da garrafa. Um homem branco vestindo casaca vermelha, com jeito de que caminhava alegremente a largas passadas. Para onde estaria indo? De repente, lembrou-se de uma amiga. Verão e inverno, ela passava o dia esparramada na cama num quarto escuro, perdida em pensamentos profundamente místicos. Fumava um após o outro cigarros de fumo picado, a ponto de produzir uma névoa no quarto. Só saía depois do cair da tarde.

Bird esperou por um táxi defronte ao portão principal da universidade. Numa lanchonete do outro lado da rua, seu ex--aluno conversava com amigos. Bird foi logo percebido por ele, que desajeitadamente lhe fez um sinal amistoso, humilde como um cachorrinho gentil. Com isso atraiu a atenção dos outros, que o fitaram curiosos. De que forma estaria sendo apresentado? Um sujeito que, dominado por um impulso ou pavor sem sentido, passara semanas num estado de embriaguez contínua para depois abandonar a pós-graduação e tornar-se professor de cursinho? O ex-aluno sorria com insistência e não desviou o olhar até Bird pegar um táxi. Com o carro em movimento, percebeu que se sentia alvo de comiseração. De um ex-aluno com cérebro de gato que nunca conseguira distinguir o particípio do gerúndio.

Ao motorista do táxi, Bird deu o endereço da amiga; ficava na zona alta, num quarteirão cheio de templos e cemitérios, do outro lado de um extenso viaduto. Ela morava sozinha numa casa no fim da rua. Bird a conhecera em maio do ano em que ingressara na faculdade, na festa de confraternização dos alunos de sua classe. Na hora das apresentações, ao chegar a vez dela, a moça fizera um desafio: que adivinhassem a origem de seu nome, Himiko. Bird dera a resposta certa. O nome tinha raízes numa crônica antiga do país de Higo (designação da região atual da província de Kumamoto, em tempos remotos). Assim se iniciara a amizade com a estudante nascida em Kyushu.

Havia poucas estudantes mulheres na universidade. Todas elas, ou pelo menos todas as de que ele teve conhecimento, acabavam se tornando criaturas estranhas pouco antes da formatura. Especialmente as que vinham das províncias e cursaram letras. Uma certa porcentagem das células do cérebro daquelas estudantes começava a se desenvolver desproporcionalmente, dando origem a distorções de personalidade. Ficavam indolentes, as feições entorpecidas e tristes, e fatalmente desajustadas após a formatura. Casavam-se para se separarem em seguida. Empregavam-se para logo serem despedidas. E aquelas que nada haviam feito além de viajar acabavam envolvidas em acidentes bizarros e sinistros. Por que aquilo acontecera? As graduadas por outras inúmeras faculdades femininas haviam se mantido ativas, integradas em seus novos ambientes de vida, assumindo liderança em suas atividades. Por que não havia se dado o mesmo com suas colegas da universidade? Himiko se casara um pouco antes da formatura com um estudante de pós-graduação. Não se separaram. Pior, teve de passar pelo suicídio do marido um ano após o casamento. O sogro deu-lhe de presente a casa em que viviam e continuou a sustentá-la. Queria vê-la casada novamente. Mas durante o dia Himiko vivia perdida em abstrações surrealistas e à noite perambulava em seu carro esportivo pela cidade. A fama de desregrada aventureira sexual já chegara aos ouvidos de Bird. Havia até quem relacionasse o fato ao suicídio do marido. Bird já tivera relações com ela uma vez. Entretanto, estavam tão embriagados na ocasião que nem sequer puderam ter certeza de que o sexo realmente ocorrera. Fora a única vez, e não voltaram a repetir. Acontecera muito antes do infeliz casamento de Himiko. Naquela oportunidade, possuída de um incontrolável desejo, ela se mostrara impulsiva mas inexperiente.

Bird desceu do táxi na entrada da ruela onde Himiko residia. Contou rapidamente o dinheiro que lhe restava na carteira. Seria prudente pedir antecipação de salário depois da aula de amanhã. Enfiou a garrafa de uísque no bolso do paletó, escondendo parte dela com a mão. E assim entrou apressadamente pela ruela. Todos por ali conheciam os hábitos extravagantes de Himiko. Ela achava que a vizinhança espreitava seus visitantes por trás das cortinas.

Tocou a campainha na entrada da casa. Não houve resposta. Experimentou a porta e chamou duas ou três vezes por Himiko, em voz baixa para não ser descortês. Em seguida, deu a volta e foi para os fundos da casa. Debaixo da janela do quarto havia um automóvel MG usado e sujo. O MG vermelho estava estacionado com os bancos vazios à mostra, dando a impressão de estar há muito tempo abandonado. Contudo, indicava a presença da dona da casa. O para-choque estava todo amassado e imundo. Bird apoiou o sapato também sujo de barro sobre o para-choque e com o peso do corpo balançou o MG. O carro jogou como um pequeno bote. Bird olhou para a janela de cortinas cerradas e chamou novamente por Himiko. As cortinas foram afastadas timidamente pelo lado de dentro, criando uma pequena fresta. Por essa fresta, um olho espiou para baixo. Bird sorriu, deixando de balançar o carro. Diante daquela amiga, ele conseguia ser descontraído.

— Ei, Bird! – A voz através da cortina e da vidraça da janela soava débil como um suspiro.

Bird achara o melhor lugar para se dedicar, em dia claro, ao trabalho de esvaziar a garrafa de uísque. Contente, voltou à porta da frente. Registrava assim uma entrada positiva no balanço psicológico do dia.

# 4.

— Tirei você da cama? — perguntou Bird a Himiko, que lhe abria a porta.

— E dá para dormir a uma hora destas? — respondeu, rindo, a amiga.

Himiko torcia o pescoço e usava a palma da mão para proteger os olhos da forte luminosidade do começo da tarde, por trás de Bird. A luz assaltava sem piedade o pescoço torcido e os ombros redondos, próprios da idade, que o pijama violáceo de tecido espesso deixava à mostra. O avô, um pescador de Kyushu, se casara com uma russa, uma garota que trouxera de Vladivostok. Na verdade, fora quase um rapto. Por isso, Himiko tinha pele alva. A alvura era bem acentuada, fazia transparecerem os vasos capilares da pele. E, além disso, a moça tinha um quê de estrangeira desajeitada, incapaz de se adaptar aos costumes da terra. Agredida pela luz, Himiko recuou e, feito uma galinha afobada, escondeu-se à sombra da porta semiaberta. Já perdera a beleza inocente da adolescência sem contudo adquirir a maturidade da idade adulta. Fase intermediária, pobre de atributos.

Talvez pertencesse à categoria de mulheres para quem essa fase é particularmente longa. Bird entrou no pequeno vestíbulo e fechou a porta depressa para não expor a amiga à claridade da rua. E viu-se momentaneamente cego. O pequeno espaço do vestíbulo lhe pareceu uma jaula, dessas utilizadas para transporte de animais. Piscou bastante para acomodar a vista à penumbra enquanto descalçava os sapatos. Na sombra, a amiga o contemplava em silêncio.

— Detesto tirar alguém do sono — disse Bird.

— Quanta cerimônia! Eu não estava dormindo. Se durmo durante o dia, não consigo mais pegar no sono à noite. Estava meditando sobre o universo multidimensional.

Universo multidimensional?, pensou Bird. Ah, bem, falaremos sobre isso enquanto bebemos uísque. Suas pupilas se alargavam rapidamente reagindo à pouca luz. Enquanto acompanhava a amiga à sala de estar, examinou o ambiente como um cão de caça fareja a área. Reinava ali uma obscuridade de fim de dia. Ar abafado e úmido, lembrava o estábulo de um animal doente. Bird procurou enxergar bem a velha mas sólida poltrona de vime onde costumava ficar quando visitava a amiga. Havia algumas revistas esparsas sobre o assento; ele as removeu e sentou-se com cuidado. Himiko não abriria as cortinas nem acenderia uma lâmpada até tomar banho, vestir-se e maquiar-se. O visitante teria de esperar com paciência no escuro. Um ano atrás, quando ali estivera, Bird esmagara com o pé uma vasilha de vidro largada no assoalho escuro e cortara a base do artelho. Recordou a dor e a confusão produzidas pelo acidente e se encolheu.

A sala de estar de Himiko era uma bagunça consumada. Livros, revistas, caixas vazias, garrafas, conchas, faca, tesoura, amostras de insetos, flores secas colhidas em bosques ressequidos no inverno, cartas antigas, cartas recentes, uma enorme confusão. Tudo espalhado por toda parte: no chão, na mesa, sobre a estante baixa ao lado da janela, e até sobre o aparelho de televisão e o gravador. Bird se atrapalhava, não sabia onde colocar a garrafa de uísque. Abriu um pequeno espaço com os pés e depositou-a finalmente entre os calcanhares.

Vendo como ele se ajeitava, Himiko disse, como num cumprimento:

— Sou incorrigível, não sei o que é arrumação. Foi assim quando você veio da outra vez?

— Ah, foi. Até cortei o dedo do pé.

— É verdade, você ficou todo ensanguentado. E toda esta área também — recordou saudosa. — Quanto tempo, Bird! Eu continuo a mesma coisa. E você, como está?

— Tive um problema.

— Problema?

Bird não esperava explicar assim tão cedo sua infelicidade. Hesitou. Procurou ser conciso, resumindo ao máximo o que acontecera.

— É, tivemos uma criança, mas ela morreu logo...

— Isso lhe aconteceu também? Olhe, ouvi falar de casos semelhantes. Isso se deu com duas amigas minhas, não apenas uma. Com você, é o terceiro caso. Não seria por causa das chuvas, contaminadas por cinzas radioativas?

Bird já vira a fotografia de um bebê tipicamente vitimado pela radioatividade. Tentou compará-lo a seu filho, que parecia ter duas cabeças. Não conseguia nem pensar na deformação do filho, uma vergonha sufocante lhe subia à garganta. Muito menos falar sobre isso. Um sentimento exclusivamente pessoal, uma infelicidade só sua. Nada que se pudesse compartilhar com terceiros ou comungar com a humanidade.

— Aparentemente, foi apenas um acidente.

— Que terrível experiência, não, Bird?

Havia no olhar calmo de Himiko uma expressão indefinida. As pupilas pareciam encobertas por um véu negro.

Bird não perdeu tempo em decifrar esse olhar. Apanhou a garrafa de Johnny Walker entre as pernas.

— Achei que você me deixaria beber em sua casa, mesmo de dia. Que tal, me acompanha?

Um gigolô cara de pau, é como me comporto. Mas todos os amigos de Himiko acabam assim. Sob esse aspecto, o homem que se casara com ela fora um dos mais exacerbados. Dependente como um irmão menor, na vida conjugal. E se matara, certa manhã.

— A desgraça com seu filho é fato ainda recente, não é? Você não me parece recuperado. Nem vou mais fazer perguntas sobre a criança.

— Eu lhe agradeceria. E mesmo que me perguntasse, tenho muito pouco a dizer.

— Vamos começar a beber, então?

— Vamos.

— Vou tomar um banho. Enquanto isso, traga copos e água. Vá começando, Bird.

Ele se levantou depois que Himiko desapareceu no banheiro. Saiu da sala de estar, passou pelo quarto apertado como a cabine de um vagão-dormitório e chegou à cozinha, que, ao lado do banheiro, disputava um espaço distorcido na parte traseira daquela pequena casa. Para chegar lá, Bird saltou por cima do pijama e das roupas íntimas que Himiko acabara de tirar. Estavam largados, amontoados no assoalho como um gato enrolado.

Apanhou uma jarra e encheu-a de água. Pegou também copos para a água e para o uísque, dois de cada um, e os enfiou nos bolsos, retornando à sala. De passagem, viu por uma fresta da porta de vidro o interior escuro do banheiro onde a amiga se banhava sob o chuveiro. Ombros, nádegas e pernas estavam visíveis. Ela levantava a mão esquerda, como se tentasse desviar as gotas pretas que caíam do teto escuro. Mão direita sobre o ventre, voltava a cabeça sobre o ombro, dirigindo o olhar para as nádegas e a panturrilha da perna direita, ligeiramente dobrada. A visão lhe causou repulsa, forte e irreprimível. Todo arrepiado e com o coração palpitante, fugiu a passos furtivos para a poltrona de vime, sua velha conhecida, como quem viu um fantasma num quarto mal-assombrado. Sua aversão à nudez, infantil e insegura, dominada havia muito tempo, ressurgia. Generalizava-se, avançava tentáculos na direção da mulher, deitada num leito de hospital, preocupada com o filho levado para outro hospital na companhia do marido, para tratar de uma doença do coração. Por quanto tempo teria de conviver com aquela aversão? Ela poderia agravar-se? Bird rompeu com as unhas o selo da garrafa. Abriu-a e derramou uísque no copo. O braço tremia, provocando um tinido irritante da garrafa contra o copo. Ruído aflito, de dentadas de rato raivoso. Carrancudo, velho rabugento, verteu o uísque goela abaixo. A garganta ardeu. Tossiu com lágrimas nos olhos, mas um calor inebriante invadiu seu estômago e ele parou de tremer. Feito criança, deixou escapar um arroto e sentiu gosto de morango silvestre. Enxugando os lábios molhados com o dorso da mão, encheu novamente o copo, o braço firme dessa vez, livre de tremor. Por quantos milhares de horas viera evitando a bebida? Havia uma espécie de revolta sem endereço. Engoliu a segunda dose, sôfrego e afobado como um pardal à cata de grãos. A garganta não ardeu mais, não tossiu nem lhe vieram lágrimas. Segurando a garrafa, contemplou o desenho do rótulo e suspirou, enlevado. Bebeu a terceira dose.

Bird começava a ficar embriagado quando Himiko reapareceu. A aversão à presença do corpo feminino estava de certa forma anestesiada pelo álcool. Para isso contribuía também a roupa de jérsei negro que Himiko vestia. Dava-lhe a aparência de uma bola peluda, de um ursinho saído de alguma história em quadrinhos. Himiko ajeitou apressadamente os cabelos e acendeu a luz da sala. Bird limpou um pouco a mesa e arrumou os copos para Himiko, enchendo-os de uísque e água. Himiko sentou-se numa poltrona de madeira esculpida, cuidando para não expor a pele recém-banhada coberta pelo vestido. Bird ficou grato por isso, pois ainda não conseguira extinguir de todo a aversão ao nu.

— E aqui estamos! — disse Bird, e engoliu o uísque de seu copo.

— Finalmente! — repetiu Himiko. Ela esticava o lábio inferior, lembrava um orangotango testando um sabor, e sorveu apenas um golinho.

A respiração quente de ambos começava a espalhar o hálito alcoólico por todo o recinto. Fitaram-se detidamente nos olhos pela primeira vez. Himiko, refrescada pelo banho, apresentava-se bem melhor, diferente, ao mesmo tempo mãe e filha da mulher surpreendida pela luz do sol. Bird ficou contente ao ver que a idade da amiga ainda lhe permitia retomar a franca juventude.

— Lembrei-me, enquanto tomava banho... Você se recorda deste verso? — perguntou Himiko, e recitou em inglês, em tom de oração. Bird ouviu-a uma vez e pediu que repetisse. *Sooner murder an infant in its cradle than nurse unacted desires...* Melhor matar uma criança no berço do que acalentar suas ambições incipientes, é o que quer dizer.

— Mas não se pode matar toda criança no berço — disse Bird. — Quem é o autor?

— William Blake. Meu trabalho de graduação foi sobre ele, lembra?

— É verdade, o seu foi sobre Blake. — Bird voltou a cabeça, à procura da cópia de um quadro de Blake, pendurada na divisória de madeira entre o dormitório e a sala de estar. Já vira o quadro diversas vezes, mas nunca prestara atenção nele. Um quadro inusitado, notava agora. Dava a impressão de ser uma litogravura, mas com certeza fora copiado de uma aquarela. O original deve ser, portanto, colorido, mas a cópia, emoldurada em madeira maciça, fora produzida inteiramente em tons acinzentados. Uma praça, cercada de construções típicas do Oriente Médio. Ao longe, pirâmides estilizadas, o que fazia supor tratar-se do Egito. Dominava o quadro a obscuridade do amanhecer ou do entardecer. Na praça, a figura de um jovem morto, estirado como um peixe, de ventre aberto, junto à mãe tomada de tristeza e dor. Em volta deles, um ancião com uma lanterna e mulheres com crianças no colo.

O que mais impressionava, entretanto, era a enorme figura de um ser que cruzava os ares com os braços abertos por cima das pessoas. Seria humano? Possuía escamas em todo o corpo musculoso e bem-proporcionado. O olhar era tragicamente triste, fanático e agourento; a boca encovada achatava o nariz, tornando o rosto semelhante ao de um bagre. Deus ou demônio? Parecia subir ao céu noturno, tempestuoso e sombrio, envolto em escamas flamejantes...

— O que ele está fazendo? Isso no corpo dele são escamas mesmo ou uma espécie de cota de malha, como a utilizada pelos guerreiros da Idade Média?

— Acho que são escamas. No quadro original, em cores, elas estavam pintadas de verde, parecendo mesmo escamas. Ele representa a peste, que veio para matar os primogênitos no Egito.

Bird conhecia muito pouco da Bíblia. Deve ser história do Êxodo, pensou. Os olhos e a boca daquele homem escamado eram horripilantes. Tristeza, horror, espanto, cansaço, solidão e até uma ponta de riso pareciam brotar interminavelmente deles.

— Não é encantador?

— Você gosta desse homem cheio de escamas?

— Gosto — disse Himiko —, e também gosto de imaginar como eu me sentiria se fosse um espírito da peste.

— E você se vê encarnando um demônio da peste, com os olhos e a boca desse homem de escamas... — disse Bird, fitando os lábios de Himiko.

— Pavoroso, não?

— Sim, pavoroso.

— Sempre que passo por uma experiência apavorante, procuro imaginar como seria muito mais pavoroso estar na situação inversa. Isto é, se eu estivesse provocando pavor em alguém. Assim, obtenho uma compensação psicológica. Alguma vez você já incutiu pavor numa pessoa, um pavor tão forte ou maior do que os que você mesmo já experimentou?

— Não sei... preciso pensar com calma.

— Não é coisa para pensar com calma.

— Então vai ver que eu nunca apavorei ninguém, realmente.

— Deve ser, você nunca fez isso. Mas não acha que passará por essa experiência algum dia? — perguntou Himiko, em tom profético mas comedido.

— Se eu tiver que matar um bebê no berço, com certeza será uma terrível experiência, não só para mim como para os outros...

Os copos estavam vazios, e Bird encheu-os de uísque. Bebeu de um só gole o seu, e encheu-o novamente. Himiko não o acompanhou.

— Você está devagar?

— É porque dirijo. Já lhe dei carona alguma vez, Bird?

— Ainda não. Algum dia me dará.

— Venha à meia-noite. Vamos sair juntos no meu carro. De dia é perigoso, tem muita gente. Em matéria de dirigir carros, tenho hábitos noturnos. Não me dou bem de dia.

— Por isso fica enclausurada durante o dia, pensando? Leva vida de filósofa e corre pelas ruas num MG vermelho à meia-noite! O que é esse universo multidimensional em que você está pensando?

Para satisfação de Bird, a pergunta entusiasmou Himiko. Com isso ele se sentiu um pouco redimido da grosseira intrusão na casa da amiga para beber uísque. Talvez ela não tivesse, além de Bird, muitos ouvintes atentos às elucubrações de sua mente.

— Veja, estamos conversando agora. Para começar, temos aqui um mundo real — Himiko começou a explicar. Bird pousou com carinho sobre a palma da mão o copo de uísque que acabara de encher, como se fosse um brinquedo precioso, e ouviu.

— Mas muitos outros universos nos envolvem, além deste, a mim e a você, indivíduos distintos um do outro. Em nosso passado, em diversas ocasiões, estivemos a meio caminho entre a vida e a morte, você se recorda? Por exemplo, quando eu era criança fui acometida por uma febre tifoide e quase morri. Eu me lembro muito bem do instante em que me vi numa encruzilhada. Podia descer a ladeira para a morte ou subi-la para a recuperação. E agora me encontro neste universo com você porque escolhi o caminho do retorno à vida. Mas naquele instante um outro eu escolheu o caminho da morte. Então, em volta de meu pequeno corpo coberto de erupções vermelhas, um novo universo se iniciou: o das pessoas que guardam alguma pequena recordação minha. Compreende? Todos os homens, quando são colocados na encruzilhada da vida e da morte, se veem diante de dois universos: um é aquele em que, mortos, eles deixam de existir; outro é aquele em que continuam existindo, vivos. Então, eles abandonam o universo onde só podem existir como pessoas mortas assim como se desvencilham de uma camisa velha, e vêm para o universo onde continuam a viver. Dessa forma, ao redor de um homem vão brotando universos, como folhas e ramos num tronco de árvore. Essa divisão de célula universal também ocorreu quando meu marido morreu. Fui deixada aqui, neste universo onde se deu a sua morte, mas lá no outro universo, onde ele continua vivendo, um outro eu vive com ele. Quando alguém morre cedo, deixa um universo mas abre-se um outro no qual ele escapou da morte e prossegue vivendo. E o mundo em que vivemos se multiplica. É isso que chamo de universo multidimensional. Você não deve se entristecer muito com a morte de seu bebê. Nesse outro universo criado por divisão, tendo por eixo a criança, abre-se um novo mundo onde ela não morreu. Nele está você, um jovem pai todo feliz, e estou eu, alegre pela bela notícia que me trouxe, os dois erguendo um brinde. Certo, Bird?

Ele sorria, tranquilo, entre goles de uísque. O álcool se espalhava por todos os vasos capilares de seu corpo, produzindo o efeito esperado. Conseguira equilibrar a pressão entre seu mundo interior, de trevas rosadas, e o mundo exterior. Não seria por muito tempo, sabia.

— Deu para perceber os contornos do pensamento, mesmo que não o tenha compreendido perfeitamente, Bird? Você deve ter estado algumas vezes na encruzilhada da vida e da morte, durante seus vinte e sete anos de vida, não? Em todas essas ocasiões, você continuou neste universo, num só universo, mas em cada uma delas deixou um cadáver seu em outro universo. Você se recorda dessas ocasiões?

— Recordo. Quase morri muitas vezes. Quer dizer que, em todas essas ocasiões, deixei para trás um cadáver meu e escapei para este universo?

— Pois é, Bird!

— De fato, houve momentos terríveis, em que não entendi como pude sair com vida — admitiu, voz sonolenta, prestes a cair no sono, embalado por remotas recordações do passado longínquo. Então é isso. Em cada um daqueles momentos de perigo sobrava um outro eu, transformado em cadáver. Assim, tenho meu próprio cadáver espalhado em diversos universos diferentes deste, ora um estudante de curso primário, frágil e assustadiço, ora um colegial corpulento, mais do que sou agora, mas de mentalidade simples. Sem dúvida, não sou um cadáver neste universo. Contudo, qual desses mortos teria sido o eu melhor?

— E haverá uma morte derradeira, minha morte em todos os universos, na qual uma tentativa de escapar para outro universo com vida resulte em fracasso?

— Se não houvesse essa morte, você viveria indefinidamente num dos universos, não é mesmo? Vamos admitir que exista. Seria a morte senil, após os noventa anos. Todos os homens permanecem vivos até morrer por velhice em seu último universo, enquanto morrem prematuramente em diversos outros universos. Não é justo assim?

Bird interrompeu-a num lampejo de percepção:

— Você ainda se culpa pelo suicídio de seu marido. Por isso se entrega a essas fantasias psicológicas, para fazer com que a morte não seja um fato terminal e irreversível. Não é verdade?

— Seja como for, fui deixada neste universo para cumprir a parte penosa de recordar para sempre o suicídio dele — disse Himiko. A pele esverdeada sob seus olhos, já com sinais de flacidez, ruborizou-se intensamente, prejudicando sua beleza.

— Pelo menos nunca me furtei a isso!

— Olhe, Himiko, não estou criticando, mas entendo da seguinte forma — insistiu Bird, sorrindo novamente para amenizar o veneno em suas palavras. — Ao imaginar que seu marido vive em outro universo além deste, você pretende que o caráter absoluto e irreversível dessa morte neste universo se faça relativo. Mas, veja, você acha que truques psicológicos vão conseguir isso?

— Pode ser que você tenha razão, Bird. Mais uísque, por favor. — Himiko parecia ter perdido repentinamente o interesse pela teoria do universo multidimensional.

Bird encheu o copo dela e o seu também. Desejou que ela se embriagasse a ponto de esquecer os comentários irrefletidos que ele fizera e que no dia seguinte voltasse à sua teoria do universo multidimensional. Como um viajante no tempo chegando a um mundo de dez mil anos antes, estava possuído de um receio enorme de provocar perturbações nesse mundo, por menores que fossem. Esse estado psicológico começara a invadi-lo desde o momento em que fora avisado das anormalidades do filho. Se pudesse, deixaria o mundo por alguns instantes, como um jogador deixa por um momento a mesa de jogo para mudar a sorte após sucessivas rodadas de azar. Estavam agora calados, tomando uísque entre sorrisos condescendentes, compenetrados nisso como besouros sobre a seiva de um tronco. Uma variedade de sons vinha de fora, naquela tarde de início de verão, sinais distantes, desprezados. Bird mexeu-se, bocejando, verteu uma lágrima tão desprovida de sentimento quanto a saliva, serviu-se de mais uma dose de uísque e tomou-a de uma só vez, para poder continuar ausente do mundo.

— Bird?

Ele estava a ponto de cair num doce cochilo com o copo na mão, e despertou sobressaltado, um tanto mal-humorado, derramando uísque sobre o joelho. Entrava no segundo estágio da embriaguez.

— Sim?

— O que você fez daquele casaco de couro que ganhou de seu tio?

Também embriagada, com as faces redondas vermelhas, enormes tomates, Himiko movia vagarosamente a língua, tentando articular bem as palavras.

— Ah, nem me lembro. Acho que o usei no primeiro ano da faculdade, algo assim.

— Até o inverno do segundo ano, Bird.

A palavra inverno caiu na memória entorpecida de Bird, espalhando ondas, como numa piscina.

— É isso mesmo, eu o estendi no chão do depósito de madeira molhado de chuva quando transei com você. No dia seguinte o casaco estava cheio de barro e de aparas de madeira, completamente inutilizado. Naquela época as tinturarias não aceitavam casacos de couro para lavar. Enfiei-o dentro do armário e mais tarde joguei fora.

Essas recordações lhe pareciam muito remotas.

No segundo ano da faculdade, numa oportunidade qualquer, não se lembrava bem qual, ele e Himiko haviam bebido juntos e acabaram se embriagando. Ao acompanhá-la até seu alojamento, naquela noite, Bird a agarrara na escuridão do depósito da marcenaria em cujo andar superior Himiko residia. No início, os dois trocaram carícias tremendo de frio, mas depois a mão de Bird tocara involuntariamente o sexo de Himiko. Excitado, ele a empurrara de encontro às madeiras encostadas à parede do depósito e tentara penetrá-la de qualquer maneira. Himiko cooperara ativamente, mas depois terminara rindo baixinho. Estavam ambos excitados, mas ainda não haviam ultrapassado o limite da brincadeira. Como não conseguisse penetrá-

-la de pé, Bird sentiu-se menosprezado e insistiu. Estendeu no chão o casaco de couro que vestia e nele deitou Himiko, que ainda ria. A cabeça e as pernas dela ficaram diretamente sobre o chão, fora do casaco, pois ela era alta. Após certo tempo, Himiko parou de rir e Bird achou que ela atingira o orgasmo. Porém, quando quis certificar-se disso, Himiko respondeu que estava apenas com frio. Então Bird desistiu.

— Eu era um selvagem, naquela época — disse Bird, perdido em reminiscências como um velho de cem anos.

— Eu também.

— Por que será que nunca tentamos outra vez, em outro lugar? Nunca mais transamos, depois daquela noite.

— O que se passou no depósito de madeira foi um mero acidente. Pelo menos, tive essa impressão. Rememorando os fatos no dia seguinte, percebi que tinha ficado fria o tempo todo.

— Pensando bem, foi tudo estranho, criminoso até. Quase um estupro.

— Estupro perfeito, se quer saber — emendou Himiko.

— Mas você não sentiu realmente nenhum prazer? O orgasmo estava mesmo longe? — perguntou Bird, com uma ponta de ressentimento.

— Impossível. Era a minha primeira experiência.

Assustado, Bird fitou a amiga. Ela não era de mentir ou de fazer brincadeiras daquele tipo. Riu curto. A situação lhe parecia cômica, como também poderia ser apavorante. A geração de um ou outro sentimento se dava por diferenças mínimas. O riso contagiou Himiko.

— Sem dúvida a vida é um mistério, está cheia de surpresas — disse Bird, ruborizado ao extremo, e não apenas pela embriaguez.

— Bobagem, Bird! Se há algum significado em ter sido

aquela minha primeira experiência, é só para mim, não lhe diz respeito.

Dessa vez, Bird encheu de uísque o copo alto para água e bebeu de uma só vez. Precisava recordar melhor os acontecimentos no depósito de madeira. Realmente, sentira uma resistência ao pênis, produzida por algo semelhante a um lábio pontudo e estreito, mas pensara que Himiko estivesse contraída de frio. A mancha de sangue na manga de sua camisa, vista no dia seguinte! Por que não suspeitara? Uma compulsão sexual inoportuna assaltou-o de repente. Cerrou os dentes como se suportasse uma dor e apertou o copo com força nas mãos. Num ponto central, bem dentro dele, a dor aguda e a ansiedade se enredavam, formando um tumor — sem dúvida, puro desejo sexual. Paralisante como a dor e a ansiedade de um enfarte cardíaco invadindo o arcabouço torácico. De natureza diversa daquele desejo manso e degradante saciado no leito conjugal algumas vezes por semana — desejo doméstico, que acaba em gemido lascivo e indolente, em lodaçal de cansaço melancólico. Nada além de uma simples verruga da rotina diária, preguiçosa e pacífica, o avesso do sonho de viagem à África, este, sim, entronizado nas alturas mais nobres de sua consciência. Era um desejo forte, insaciável por mil cópulas, diferente do desejo barato, esse bilhete de roda-gigante recolhido após a primeira volta. O mais violento de todos os desejos, único e perigoso, que traz o pressentimento da morte chegando sorrateira por trás das costas suadas no fim do coito. Talvez tivesse sido possível saciá-lo, se soubesse que estuprava uma virgem naquela noite de inverno, anos antes.

Forçando o globo ocular latejante, superaquecido pela embriaguez, Bird espreitou Himiko, atento como uma lontra. Sentia o cérebro cheio, inflado como um balão de ar. Não tendo por onde escapar, a fumaça de cigarro circulava pelo recinto como um cardume de sardinhas. Himiko parecia flutuar em meio à névoa. Entregava-se aos vapores do álcool e sorria para ele com simplicidade suspeita. Mas seus olhos estavam desatentos. Perdida em pensamentos, o corpo ainda mais macio e arredondado, o rosto particularmente vermelho. Ah, se pudesse reencenar ali o estupro daquela noite de inverno com Himiko, pensou, inconformado. Mas não seria capaz. Isso o remetia ao pênis visto de relance quando trocava de roupa pela manhã, pobre pardal magro, e à vagina de sua mulher, em processo de lenta contração após a violenta dilatação do parto. E também ao bebê moribundo e à abominável e obscena miséria humana de toda a espécie, que os indiferentes fingem ignorar e, coniventes, chamam a esse fingimento humanismo. A compulsão sexual já se consumia, nem era necessário sublimá-la. Um trago de uísque estremeceu-lhe as vísceras aquecidas. Ressuscitar agora a tensa relação sexual com Himiko, que estragara naquela noite de inverno, só se a assassinasse, se lhe violentasse o cadáver. Uma revoada de vozes partia do ninho do desejo: "Mata! Viola!". Esse tipo de aventura — jamais, bem sei. Ora, estou cobiçoso e inconformado só porque Himiko me revelou que ainda era virgem naquela noite, só isso. Perturbação desprezível. Bird tentava negar a si próprio. Contudo, o desejo pardacento e farpado, associado à pegajosa ansiedade, não se debelava. Impossível assassinar e violentar o cadáver? Então procure algo que provoque um drama igualmente tenso e explosivo! Mas Bird estava sem ação, perplexo pela inexperiência em atos inusitados e perigosos. Cansado, irritado e decepcionado, bebeu uísque. Insípido, fraco, sem buquê, nem mesmo amargo. Água que jogador de basquete bebe no banco, depois de retirado da quadra por falhas sucessivas e furioso consigo mesmo.

— Você sempre toma uísque desse jeito, Bird? Tanto e tão depressa? Parece estar tomando chá preto. Nem chá preto dá para tomar assim depressa, se estiver quente.

— É assim, é sempre assim que bebo — respondeu, envergonhado.

— Mesmo em companhia feminina?

— Mas por quê?

— Bebendo assim, você não conseguirá satisfazer uma mulher, não é? Em primeiro lugar, nunca chegará ao orgasmo. Vai acabar prejudicando o coração, como acontece com os nadadores de longa distância, superexigidos. Enfeitando a cabeça da mulher com uma auréola de arco-íris alcoólico!

— Você queria fazer sexo comigo?

— Com você desse jeito, não. Não faria sentido, para nenhum de nós.

Bird enfiou o dedo pelo buraco no fundo do bolso da calça e tocou um corpo quente e balofo. Camundongo sem graça, dorminhoco preguiçoso. Todo encolhido, nada parecido com o ouriço que ardia dentro dele.

— Está vendo, Bird? — disse Himiko triunfante, observando, esperta, seus movimentos.

— Mesmo que eu não consiga atingir o orgasmo, posso trabalhar como mágico e transportar você para lá.

— Meu orgasmo não é tão simples assim. Você parece não se lembrar direito daquela noite de inverno, quando me fez deitar no chão da marcenaria. Não que seja importante, mas aquele foi meu ritual de iniciação. Ritual gelado, sujo, cômico e miserável, concorda? Depois, foi uma maratona difícil e penosa, Bird.

— Será que a deixei insensível?

— Orgasmo comum, eu descobri logo, com a ajuda de outro colega. Ainda havia barro em minhas unhas, da arranhada que dei no chão da marcenaria. Mas sempre persegui um orgasmo cada vez melhor, assim como quem sobe uma escada.

— Dedicou-se apenas a isso, desde que se formou?

— A bem dizer, desde antes. Desde quando frequentava a faculdade.

— Tedioso, não?

— Que nada! Um dia ainda vou lhe mostrar. Isso, se você não quiser se lembrar sexualmente de mim apenas pelo que aconteceu na marcenaria.

— Então, também vou lhe mostrar o que obtive na minha maratona. Olhe, por que não paramos de ciscar como pintinhos famintos e não passamos ao sexo agora mesmo?

— Você bebeu demais, Bird!

— Você acha que sexo só se faz com o pênis? É um conceito rudimentar, para uma exploradora do melhor orgasmo.

— Os dedos? Os lábios? Ou algum órgão inacreditável e surpreendente, um apêndice? Ah, não gosto disso. Parece masturbação.

— Seja como for, você é uma mulher franca. Dá até a impressão de ser maldosa — disse Bird constrangido.

— Além do mais, você não quer nada com sexo hoje. Pelo contrário, até parece sentir aversão. Se eu for para a cama com você agora, o que pode acontecer é vê-lo vomitar de joelhos entre as minhas pernas, sujar minha barriga com uma mistura de uísque e suco gástrico. Aliás, já tive uma experiência desse tipo.

— Vejo que as experiências deixam as pessoas mais sábias. Suas observações são corretas — respondeu, deprimido.

— Não há motivo para pressa — consolou Himiko.

— É verdade, não há pressa. Aliás, faz tempo que não me defronto com situações de pressa real. Quando criança, vivia sempre apressado. Por que será?

— Talvez porque a infância seja curta.

— De fato, pouco durou. Agora, estou na idade de ser pai. Mas não consegui ter um filho perfeito, porque não estava devidamente preparado para ser pai. Quando terei um filho dentro das especificações? Estou completamente inseguro...

Bird estava emocionado.

— E quem não se sente? Se seu próximo filho vier bem, você saberá que se tornou pai de verdade. Ganhará autoconfiança, com todo o passado.

— Você se tornou uma mulher experiente, não?

Ele se reanimava.

— Eu queria que você...

As ventosas da anêmona-do-mar do sono o atacavam em ondas sucessivas. Não resistiria mais que um minuto. Fixou o olhar sobre o copo vazio que lhe surgia no campo visual oscilante. Sacudiu a cabeça, cogitando se o encheria novamente, mas acabou reconhecendo que naquele estado não lhe era possível ingerir nem mais um mililitro sequer de uísque. O copo deixou os dedos de Bird e chocou-se contra seu joelho, rolando depois para o assoalho em desordem.

— Eu queria que você me explicasse mais uma coisa. Como será o mundo após a morte de quem morreu bebê? — perguntou Bird, enquanto pisava o assoalho, tentando ver se conseguia levantar-se.

— Um mundo muito simples, se é que existe. Mas você não acredita na minha teoria do universo multidimensional? Seu bebê viverá até os noventa anos lá em seu último universo!

— Ah, sim. Então vou dormir, Himiko. Já é noite? Dê uma espiada pela cortina.

— É dia ainda, Bird. Se quer dormir, vá para a minha cama. Eu saio ao entardecer.

— Com seu carro esportivo, abandonando seu pobre amigo?

— Bêbado como ele está, melhor deixá-lo sozinho. Assim evitamos problemas.

— Mas claro! Você possui a quintessência da sabedoria! Vai correr a noite toda em seu MG?

— Às vezes faço isso, como um João Pestana em busca de crianças acordadas!

Com muito esforço, Bird ergueu o corpo bambo da poltrona. Pesava, nem parecia o seu. Envolvendo com o braço o ombro vigoroso de Himiko, foi para o quarto. Sentia a cabeça aquecida, vermelha como sol. Dentro dela, um anãozinho engraçado, semelhante à fadinha de Peter Pan, de Walt Disney, saltitava, soltando pó luminoso. A visão provocou-lhe risos.

— Sabe, você parece uma tia velha e bondosa! — exclamou, ainda tentando agradecer, antes de desabar sobre a cama.

E caiu no sono. Em sonhos, um homem coberto de escamas verdes, de olhar sombrio e tenebrosa boca rasgada de bagre, cruzava uma praça ao entardecer. Mas desapareceu, dissolvido em brumas vermelhas e escuras. Ruído da partida do carro esportivo e depois um sono profundo e acabado. Foi acordado duas vezes durante a noite. Em nenhuma delas Himiko havia regressado. Chamavam por ela fora da janela do dormitório, e isso o despertou. Vozes comedidas, mas insistentes.

Na primeira vez, o timbre da voz sugeria um menino. Na segunda, um homem adulto. Bird levantou-se e espiou pela fresta da cortina, imitando Himiko. À tênue claridade do luar, viu um cavalheiro bem-vestido envergando um smoking de linho. De baixa estatura, um pouco encurvado, meio encolhido, chamava por Himiko erguendo a cabeça ovalada com uma expressão indefinida no rosto, talvez envergonhado, talvez contrafeito. Bird se afastou da cortina e foi buscar a garrafa de uísque na sala ao lado, depois sorveu o último gole. Voltou para a cama da amiga e adormeceu.

# 5.

Perturbado por gemidos incessantes, Bird acordou aborrecido. A princípio, pensou que os gemidos fossem dele mesmo. E de fato gemeu ao acordar, sentindo pontadas no estômago, desferidas por diabretes que o espetavam por toda parte com minúsculas lanças. Ouviu, porém, outro gemido, e não era o seu. Conservou-se imóvel no leito, na mesma posição em que despertara. Apenas ergueu a cabeça, bem pouco e discretamente, para olhar para o lado do leito. Himiko estava deitada diretamente sobre o assoalho, no espaço apertado entre a cama e o aparelho de televisão. Dormia entre gemidos fortes e animalescos — mensagens do mundo dos sonhos, mensagens de pavor. Bird observou seu rosto redondo e infantil através da tela fina formada pelo ar sombrio do quarto. Sem pintura, a face pálida parecia uma dura superfície metálica. Quando os gemidos se intensificavam, ela se agitava, arranhando a garganta e o peito com os dedos grossos, o rosto ora tenso, ora relaxado. Bird pôs-se a observar com atenção os seios e a virilha expostos fora do cobertor. Os seios, embora perfeitas semiesferas, pendiam para lados opostos em posição estranha, criando um espaço plano e desinteressante entre eles. Bird lembrou-se de tê-los visto ainda imaturos, talvez naquela noite na marcenaria, em pleno inverno. Mas a virilha e a curva do ventre semioculto sob o cobertor não lhe despertaram recordação alguma. Já mostravam traços de adiposidade incipiente, marcas da idade nessa outra fase da vida de Himiko, desconhecida por ele. Adiposidade que não tardaria em se enraizar por baixo da pele por toda parte, remodelando as linhas do corpo da amiga. Estragando até o pouco de viço que ainda restava naqueles seios.

De repente, Himiko gemeu alto e escancarou os olhos, apavorada. Bird fingiu que dormia. Quando olhou novamente para ela instantes depois, Himiko já adormecera outra vez. Sem gemidos, sem sofrimento, sono de inseto. Quem sabe fizera uma trégua com os fantasmas de seu sonho. Cobria-se agora até o pescoço, parecia uma múmia. Tranquilizado, Bird fechou os olhos para enfrentar o problema do estômago, que o intimidava. O estômago se inchava de repente, ocupando todo o ventre e a consciência, sem deixar espaço. Himiko regressara quando? O bebê já estaria sobre uma mesa de autópsia, a cabeça enfaixada como Apollinaire, guerreiro ferido? Estaria em condições de dar uma boa aula hoje no cursinho? Fragmentos de preocupação como esses tentavam se infiltrar no centro da mente, vencendo a opressão do estômago, mas eram logo rechaçados um a um. Vomitaria a qualquer momento. O pavor gelava a pele do seu rosto. Que juízo Himiko faria dele, se sujasse o cobertor? Bêbado, eu a deflorei. Quase um estupro, ainda por cima ao relento, em plena noite de inverno. Nem soube o que havia feito. Passam-se os anos e me vejo novamente com ela outra noite, os dois num mesmo quarto. Durmo bêbado outra vez para acordar sentindo ânsias de vômito. Sujeito abominável! Soltou uma dezena de arrotos malcheirosos e ergueu o corpo, gemendo de dor de cabeça. Deu um passo difícil e pesado para fora da cama e seguiu cambaleante para o banheiro. Percebeu então que estava apenas com a roupa de baixo, praticamente despido. Abriu a porta de vidro mal ajustada nas esquadrias e conseguiu trancar-se ali, ofegante mas a salvo. Inesperada alegria, quem sabe pudesse vomitar sem ser notado, silenciosamente, como um grilo...

Ajoelhou-se, curvou a cabeça entre as mãos com os cotovelos apoiados na beira da privada em postura contrita de prece, enquanto aguardava a pressão no estômago atingir o ponto de explosão. A pele gelada do rosto se aquecia de repente, de forma estranha, provocando suor. Calor e suor que de um momento para o outro desapareciam. Naquela posição, a privada lhe parecia uma enorme garganta. Perfeita garganta, inclusive pela água cristalina acumulada no fundo afunilado. Irrompia a primeira convulsão. Com um rugido, Bird vomitou violentamente, enrijecendo o pescoço. Um líquido irritante lhe feria a mucosa das narinas. Bird ofegava. Lágrimas desciam pelo rosto e chegavam até a crosta dos resíduos colados nos cantos da boca. Ainda havia restos na garganta, que expeliu fracamente. Faíscas amareladas lampejaram dentro da cabeça. Depois, um pequeno intervalo. Ergueu lentamente o corpo — um encanador terminando o serviço. Limpou o rosto com papel higiênico, assoou ruidosamente o nariz e suspirou. Contudo, ainda não era o fim. Em circunstâncias como aquela, Bird sempre vomitava pelo menos duas vezes. Um hábito. Sem poder contar com a força do estômago exausto, sujava os dedos para incitar o segundo turno, um sofrimento. Suspirou. Curvou novamente a cabeça para dentro da privada. Estava agora terrivelmente suja. Nauseado, fechou os olhos e procurou com as mãos o cordão da descarga acima da cabeça. Uma enxurrada desceu com um estrondo e um sopro de vento esfriou-lhe a testa. Abrindo os olhos, viu que a enorme garganta branca surgia limpa e purificada. Enfiou o dedo na sua, vermelha e bem menor, forçando o vômito. Mais gemidos, lágrimas estúpidas, faíscas amarelas espoucando na cabeça e ardor no nariz. Limpou a sujeira no dedo e em volta dos lábios, as lágrimas no rosto e, esgotado, se apoiou na privada. Consegui compensar um pouco do sofrimento do bebê? Envergonhou-se prontamente. O sofrimento estéril de uma ressaca jamais poderia compensar nenhum outro. Descaramento assim, a ponto de me permitir uma hipocrisia como essa, nem mesmo por um lampejo de pensamento! Recriminou-se, era um moralista. Após vomitar, o alívio e a tranquilidade dos diabretes em seu estômago, ainda que temporários, rendiam-lhe alguns momentos de conforto relativo desde que despertara. Devo dar aulas hoje no cursinho, também preciso tomar providências no hospital com respeito ao bebê, provavelmente morto a esta altura. E comunicar a morte à sogra. E consultá-la quanto ao momento adequado de inteirar a mulher do ocorrido. Tudo isso para fazer e eu aqui, na casa de uma amiga a quem não visitava havia tempos, apoiado na privada. Exausto, aparvalhado, depois de vomitar em consequência de uma ressaca violenta. Coisa absurda!

Sem ação, mas nem por isso se desesperava. Antes, sentia-se socorrido por esses poucos minutos em que se via obrigado a deixar de lado as responsabilidades. Olhe só como estou! Inerte, a mucosa do nariz e da garganta ardendo. Irmão do bebê à beira da morte. Ainda mais miserável do que ele, que grita e chora, muito embora eu não faça isso...

Teria preferido jogar-se na privada, puxar a descarga e ser tragado para os infernos do esgoto com o estrondo da água. Com uma cuspidela, despediu-se da privada e abriu a porta de vidro para voltar ao quarto. Até se esquecera de Himiko, mas, ao pisar com o pé descalço o assoalho do quarto, percebeu que ela estava desperta, atenta aos indícios de vômito e ao silêncio suspeito que se seguira. Himiko estava deitada na mesma posição em que adormecera. A fina poeira de luz filtrada pelas frestas da cortina delineava-lhe a testa, as pálpebras, a coluna do nariz e os contornos da boca em suave tonalidade dourada, e os olhos arregalados pareciam formar duas manchas escuras. O jeito era correr como um rato em direção à camisa e às calças largadas ao pé da cama, mas não poderia evitar que Himiko notasse e o seguisse com olhos da cor de lente fotográfica com diafragma aberto, coxas fibrosas e peludas e ventre já um tanto saliente.

— Você me ouviu vomitar feito um cachorro? — perguntou, meio constrangido.

— Cachorro? Que voz forte tem esse cachorro!

— É um são-bernardo do tamanho de um bezerro — respondeu, desolado.

— Parecia estar sofrendo. Terminou?

— Por enquanto.

Trôpego e exausto, conseguiu finalmente chegar até as calças, não sem antes esmagar os pés de Himiko com uma pisada por cima do cobertor. E enquanto enfiava afobadamente as pernas para dentro delas, disse:

— Mas acho que ainda vou vomitar de novo esta manhã. É sempre assim. Eu já não bebia fazia muito tempo e estava afastado das ressacas. Por isso tenho a impressão de que esta vai ser a pior da minha vida. Pensando bem, aquela bebedeira de semanas aconteceu porque, desesperado para me livrar da ressaca, eu bebia outra vez. O que me levou a um caminho sem fim, o do álcool.

Bird quis ser jocoso exagerando a tristeza, mas acabou caindo em reflexão.

— E por que não faz isso agora?

— Nem posso pensar em me embriagar hoje.

— Suco de limão lhe fará bem. Comprei alguns limões, estão lá na cozinha.

Dócil, Bird foi dar uma olhada na cozinha.

A claridade do vitral translúcido se projetava sobre a pia, dando-lhe um certo ar flamengo. Dezenas de limões largados ali excitavam os nervos enfraquecidos do estômago com sua viva coloração amarela.

— Você sempre compra tantos limões assim?

Já vestira as calças e acabara de abotoar um por um todos os botões da camisa, até o pescoço. Recuperava um pouco a tranquilidade.

— Depende — a resposta veio seca, talvez para que Bird percebesse o tédio provocado pela pergunta.

Aquilo o deixou novamente intranquilo.

— Quando você voltou? Ficou até de madrugada rodando no seu MG?

E como Himiko não fazia mais do que fitá-lo com escárnio, acrescentou apressadamente, como quem faz uma revelação de suma importância:

— Olhe, dois amigos seus vieram procurá-la à noite. Um deles deu a impressão de ainda ser criança. O outro era um senhor de meia-idade, de rosto ovalado. Só o vi pela fresta da cortina, não cheguei a falar com ele.

— Falar com ele? Claro que você não precisava — respondeu Himiko, imperturbável.

Bird retirou o relógio de pulso do bolso do paletó e conferiu. Nove horas. Sua aula começava às dez. Qualquer professor de cursinho que faltasse à aula sem aviso prévio ou chegasse atrasado para ministrá-la seria, com certeza, um macho. Não Bird. Ele não era tão corajoso nem tão estúpido. Fez o laço da gravata sem olhar.

— Já fui para a cama com esses dois. Só por isso sentem-se no direito de me perturbar no meio da noite. O rapazinho é um tipo estranho. Não se interessa muito por estar só comigo. Seu sonho é um dia participar, quando eu estiver na cama com outro. Sempre me procura quando sabe que estou com alguém. E, contudo, é um grande ciumento!

— E você já lhe deu essa oportunidade?

— Está brincando!

Himiko negou com veemência. E acrescentou:

— Aquele rapazinho gosta de homens do seu tipo, Bird. Com certeza será prestativo, se vocês chegarem a se conhecer um dia. Você sabe como funciona, não é? Já não teve, na escola, fãs entre os colegas mais moços? No cursinho, alguns de seus alunos não se mostram muito dedicados a você? Acho que você faz o tipo herói dos adolescentes das pequenas comunidades.

Bird fez que não com a cabeça e saiu para a cozinha. O contato frio do assoalho na planta dos seus pés mostrou-lhe que ainda estava sem as meias. E essa agora, tenho de me agachar para encontrá-las, a pressão sobre o estômago me fará vomitar outra vez, ah, não! Mas pisar o assoalho com os pés descalços lhe fazia bem. Assim como molhar os dedos no jato d'água da torneira e apanhar o limão com os dedos molhados. Dava-lhe algum conforto. Escolhendo um limão grande, cortou-o em dois. Espremeu-o um pouco e ingeriu o suco. Frio e acidez picante desceram goela abaixo até o estômago maltratado, carregando de roldão sensações havia muito esquecidas, da fase de recuperação do período de bebedeira.

— O limão parece surtir bons efeitos — disse Bird, agradecido, ao voltar para o quarto. Procurava as meias, mantendo o dorso cautelosamente ereto.

— Se vomitar de novo, verá que desta vez será melhor, virá com gosto de limão.

— Mas você não dá chance nenhuma à minha pobre esperança! — retrucou Bird, dando adeus ao bem-estar que o limão produzira.

— O que está procurando? Parece um urso à cata de caranguejos.

— Minhas meias — respondeu em voz baixa, sentindo-se um idiota com os pés descalços.

— Guardei-as dentro dos seus sapatos, para que pudesse calçá-las com eles ao sair.

Bird voltou um olhar desconfiado para Himiko, ainda deitada e enrolada no cobertor. Aquilo devia ser um costume de seus amantes, ao irem para a cama com ela, para poder fugir rapidamente, descalços e carregando os sapatos, à chegada de um outro quiçá mais forte e violento.

— Bem, vou indo. Tenho duas horas de aula para dar no período da manhã. Olhe, muito obrigado por ontem à noite e por hoje de manhã.

— E vem me ver de novo? Acho que somos necessários um ao outro.

Foram palavras surpreendentes, tanto quanto o berro repentino de um mudo. Himiko o observava através das pálpebras semicerradas, meio inchadas, franzindo as sobrancelhas.

— É bem possível. Afinal, podemos mesmo ser necessários um ao outro.

Atravessou a sala de estar escura, sentindo nas solas dos pés como que espinhos pontudos e pontas de arame. Pisava o assoalho ressabiado, como um explorador andando por um terreno pantanoso. No vestíbulo, calçou depressa as meias e os sapatos, receoso de que o enjoo voltasse.

— Até logo e durma bem! — gritou.

A amiga permaneceu calada. Bird saiu para a rua. Manhã luminosa, cintilante como vinagre. Ao passar pelo MG vermelho, notou a chave abandonada na ignição. Não demora muito aparece um ladrão e leva tranquilamente esse carro esporte, que tristeza! Mas o que teria transformado aquela estudante inteligente, cuidadosa e aplicada numa mulher tão cheia de vícios? Casou-se, para ver o jovem marido suicidar-se. Corre com o carro durante a noite em estado de catarse, para depois penar a noite toda com pesadelos que a fazem gritar de pavor!

Bird pensou em retirar a chave da ignição. Contudo, se fosse ter com a amiga outra vez, deitada na semiobscuridade do quarto, as pálpebras apertadas, fechadas sob o cenho carregado, com certeza encontraria dificuldade para voltar à rua. Largou a chave, investigou as redondezas e procurou tranquilizar-se; não havia nenhum ladrão de carros à espreita, pelo menos naquele momento. Viu uma ponta de charuto caída ao lado do pneu do carro esporte. Provavelmente deixada ontem à noite pelo cavalheiro de rosto ovalado. Por certo havia muita gente querendo cuidar de Himiko com carinho maior do que ele era capaz. Sacudiu a cabeça e respirou fundo. Os caranguejos da ressaca, com as carcaças eriçadas de ameaças de toda espécie, o agrediam; precisava defender-se. Seguiu cabisbaixo para a rua ensolarada sem contudo conseguir elevar o ânimo deprimido.

De alguma maneira, Bird resistiu até cruzar o portão de entrada do cursinho. Enfrentou a rua, a plataforma da estação e o trem, este último a pior parte do trajeto. Aguentou a trepidação e o odor de corpos com a garganta ressequida, único passageiro a transpirar copiosamente no vagão. Tanto que no metro quadrado à sua volta o pico de verão parecia ter chegado com antecipação. Quem o tocasse, olhava-o desconfiado. Sem saber o que fazer, encolheu-se constrangido, exalando hálito de limão. Um porco que devorou uma cesta inteira de limões. E ainda espiava sem cessar para todos os lados, à procura de um caminho de fuga por onde pudesse correr numa emergência.

Finalmente no cursinho, driblando a ânsia de vômito, Bird sentiu-se extenuado, soldado velho ao fim de uma longa retirada. Mas o pior ainda estava por vir. O inimigo o ultrapassara e estava de tocaia, aguardando sua chegada.

De seu armário privativo, Bird retirou o livro de textos e a caixa de giz. Olhou de relance para o *Concise Oxford Dictionary* na prateleira, que hoje lhe parecia pesado demais. Desistiu de carregá-lo para a sala de aula. Entre seus alunos, alguns tinham um conhecimento de vocabulário e de gramática superior ao dele, professor. Se surgisse alguma palavra desconhecida ou uma frase de interpretação difícil, bastaria designar um deles, e o problema se resolveria. Os cérebros dos jovens de sua classe, intumescidos de detalhes de conhecimento, eram complexos amonites superdesenvolvidos. Dessa forma, deixavam de funcionar diante do global. Cabia a Bird sintetizar para eles o sentido geral do texto. Ainda assim, a eficácia de suas aulas nos exames vestibulares era uma dúvida em combustão, opressiva mesmo, sempre presente em seu espírito.

Saindo do vestiário, Bird deixou o prédio pela porta dos fundos e subiu à sala de aula pela escada em espiral, enroscada como um cipó na parede externa do edifício. Não quis utilizar o elevador do fundo da sala dos professores. Queria evitar ser interpelado pelo chefe do departamento de línguas estrangeiras, formado pela Universidade de Michigan. Um indivíduo amável, de olhar penetrante, com certeza saído da elite dos estudantes estrangeiros. Bird galgava os degraus vagarosamente enquanto estudantes corriam escada acima deixando-o para trás, indiferentes à vista da cidade que se expandia abaixo. Sacudida pelos estudantes, a escada jogava como numa marola. Mal resistindo ao enjoo causado pelo balanço, Bird empalidecia, suava, arfava, soltando arrotos que mais pareciam grunhidos. Subia os degraus tão penosamente que os estudantes, ao alcançá-lo, detinham-se por um instante, um pouco assustados, para observar seu rosto. Depois prosseguiam correndo em largas passadas. A escada balançava, Bird se agarrava tonto ao corrimão...

Finalmente, saindo da escada ao término da subida, Bird suspirou aliviado. Nisso foi chamado por um amigo que o aguardava, e a tensão voltou. O amigo dirigia o Círculo de Estudos da Língua Eslava, criado por um grupo de intérpretes temporários do qual Bird participava. Esfalfado na brincadeira de gato e rato em que se metera com a ressaca, encontros imprevistos eram uma tortura. Por isso fechou-se como uma concha ameaçada.

— Olá, Bird! — O apelido era público e corrente. — Tenho ligado para você diversas vezes desde ontem, sem encontrá-lo. Assim, decidi vir até aqui.

— Oi! — respondeu Bird sem entusiasmo.

— Soube do Deltcheff?

— O quê? — devolveu, com vaga apreensão. Deltcheff era um funcionário do consulado de um pequeno país socialista da península dos Bálcãs e dava aulas para o Círculo de Estudos.

— Parece que o Deltcheff se enfurnou no apartamento de uma garota japonesa há mais de uma semana. Diz ele que não quer mais voltar. O consulado pretende resolver o assunto sem alarde, mas está com dificuldade. Afinal, estabeleceu-se recentemente e não dispõe de pessoal. Dizem que o apartamento da garota fica nos confins de Shinjuku, numa área populosa, cheia de ruelas. É como procurar por uma criança perdida, e a legação não tem gente capacitada para esse tipo de operação. Por isso estão recorrendo a nós, do Círculo. De qualquer forma, somos parcialmente responsáveis, pois provocamos isso.

— Responsáveis, nós?

— É que ele se engraçou com uma garota do bar aonde o levamos um dia, após a reunião do Círculo. Sabe, aquele bar, o

Issu — disse o amigo com uma risada, embaraçado. — Não reparou numa garota baixinha, pálida e esquisita?

Bird lembrou-se logo da baixinha, pálida e esquisita.

— Mas ela não conhece nenhum dialeto eslavo, nem sabe falar inglês. O Deltcheff não fala japonês. Como podem?

— Pois é... Como será que passaram juntos a semana toda? Mudos?

O amigo parecia muito embaraçado.

— E se o Deltcheff não regressar ao consulado? O que vai acontecer com ele? Será dado como desertor ou refugiado?

— Claro que sim.

— Que situação! — disse Bird, apreensivo.

— Queremos discutir esse problema no Círculo. Você está livre esta noite?

— Ah, esta noite... — respondeu Bird, confuso.

— De nós, você é o melhor amigo de Deltcheff. Se vamos ter que enviar alguém do Círculo como nosso porta-voz, eu queria que você aceitasse essa incumbência.

— Eu, porta-voz! Veja, de todo modo, esta noite é impossível.

E acrescentou, tomando coragem:

—Tivemos um bebê, mas ele nasceu excepcional. Deve estar morrendo, se é que já não morreu.

Espantado, o amigo soltou uma curta exclamação. A campainha de início das aulas soou acima da cabeça deles.

— Mas que tragédia! Que tragédia! Está bem, faremos a reunião hoje à noite sem você. Olhe, não se deixe abater! Sua mulher passa bem?

— Ela está bem, obrigado.

— Assim que decidirmos alguma coisa sobre o Deltcheff, entro em contato com você. Mas você parece abatido. Cuide-se, hein?

— Obrigado.

Por que não lhe contara sobre a ressaca? O amigo descia afobado pela escada em espiral agitando os ombros, parecia até fugir. Acompanhou-o com o olhar e depois entrou na sala de aula. Imediatamente viu-se diante de centenas de cabeças de alunos, desagradáveis cabeças de mosca. Bird baixou instintivamente o rosto, cuidando para não erguê-lo e encará-los. Com o livro de textos e a caixa de giz transformados em escudo diante do peito, subiu para o estrado.

Início de aula. Abriu o texto na página marcada e, distraído, começou a leitura a partir do ponto em que a interrompera na aula anterior. O trecho que lia fora extraído de uma obra de Hemingway, como logo percebeu. O livro de textos era uma volumosa compilação de extratos da literatura norte-americana, selecionados pelo chefe do Departamento de Línguas Estrangeiras. Todos continham armadilhas gramaticais. Hemingway... Isso era encorajador. Gostava de Hemingway, particularmente de As verdes colinas da África, que o fascinara. O parágrafo fora extraído das páginas finais do romance O sol também se levanta, quando o personagem principal está no mar. Nadando, está um certo eu. Sobre as ondas ou mergulhando, vai em direção ao alto-mar até uma área de águas calmas, onde se põe a boiar. Vê apenas o céu, enquanto sente o movimento das ondas subindo e descendo...

No fundo do corpo, Bird pressentiu o início de uma crise, certeira e inevitável. Garganta totalmente seca, língua inchada, parecia um corpo estranho. O pavor o envolvia, estava imerso nele, um feto em líquido amniótico. Ainda assim, continuou a leitura, olhando de esguelha para a porta. Olhar de lontra doente, débil, cômico. Daria tempo de correr direto para lá? Faria melhor se contornasse a situação, se enganasse a crise. Recordar o trecho anterior e o posterior ao que lia seria uma boa distração. Esse eu descansaria algumas vezes sobre a areia e em outras iria até o mar. Voltaria ao hotel e encontraria um telegrama da namorada que o abandonara e fugira com um toureiro. Bird tentou lembrar-se dos termos do telegrama: COULD YOU COME HOTEL MONTANA MADRID AM RATHER IN TROUBLE BRETT.

Isso mesmo, bem lembrado. De tudo o que li, esse telegrama foi o que mais me atraiu. Bom presságio recordar-me dele, isso por certo me fará dominar a náusea. Pôs fé nessa prece. Depois, eu voltaria a mergulhar no mar, de olhos abertos, e veria algo esverdeado ser levado pela correnteza. Se esse episódio surgir nesta leitura, então me salvo, escapo do vômito. Será uma palavra mágica, vai funcionar. Bird continuava lendo. Eu está deixando o mar e seguindo para o hotel, onde recebe o telegrama. Os termos são exatamente aqueles recordados: COULD YOU COME HOTEL MONTANA MADRID AM RATHER IN TROUBLE BRETT.

Entretanto, terminado o banho de mar, a cena do mergulho não apareceu. Assustou-se. Faria parte de outro romance de Hemingway? Ou era de outro autor? Estava em dúvida. O encanto se rompera. Bird perdia a voz. Miríades de fissuras percorriam-lhe a garganta ressequida, a língua intumescida ocupava toda a cavidade bucal e ameaçava sair pelos lábios. Bird ergueu os olhos para a centena de cabeças de mosca e esboçou um sorriso. Cinco segundos cômicos e cheios de suspense. E aí Bird desabou. Ficou de joelhos, apoiou as mãos sobre o assoalho cheio de barro, os dedos espalmados como os de um sapo, e começou a vomitar entre gemidos. Feito gato, vomitava esticando o pescoço. Suas entranhas estavam sendo retorcidas e espremidas, era um pobre diabinho esmagado pelos pés do temível Niwoh, o deus da ira. Tentou dar ao menos um toque de humor à situação, mas o efeito foi o oposto. Para seu consolo, quando o vômito refluía e inundava a raiz da língua, sentia gosto de limão, tal como Himiko previra. Nas condições em que estava, era um achado precioso, uma violeta encontrada florindo numa masmorra. Fez um esforço para entender as coisas assim e com isso obter alguma vantagem psicológica. Contudo, truques psicológicos como aquele revelavam-se inúteis, desfaziam-se com a fragilidade de um doce de creme abalado em seu ápice. Com um urro violento, Bird escancarou a boca, enrijecendo todo o corpo. Uma sombra negra se aproximou dos dois lados do seu rosto, como antolhos de cavalo, obscurecendo-lhe a visão. O que não daria para se enfurnar no fundo de uma escuridão ainda maior, partir para outro universo além deste!

Mas pouco depois, Bird ainda se achava, naturalmente, neste universo e, com as narinas úmidas, observava desolado e entre lágrimas a poça líquida de vômito. Uma poça cor de barro, com restos de limão espalhados destacando-se em amarelo-vivo. Se sobrevoasse as extensas savanas da África com um Cessna a baixa altitude em temporada árida e seca, veria talvez matizes como aqueles. Rinocerontes, tamanduás e cabras selvagens escondidos debaixo de restos de limão. Vestir um paraquedas, agarrar um fuzil e saltar apressado, um bando de gafanhotos...

A ânsia havia cessado por completo. Com a mão suja de barro e suco gástrico, Bird deu uma esfregadela nos cantos da boca e se ergueu.

— Vocês viram como eu estou. Deixem-me encerrar a aula por hoje.

Ofegava como se estivesse em seus últimos suspiros.

Aparentemente, as cabeças de mosca haviam compreendido. Bird foi apanhar a caixa de giz e o livro de textos. Entretanto, uma cabeça de mosca se levantou de repente e começou a protestar. Devia ser filho de algum lavrador, tinha o rosto arredondado, um pouco feminino. Protestava com o rosto afogueado, os lábios rosados trêmulos, mas a voz parecia ressoar dentro da cavidade bucal sem sair. E ainda por cima gaguejava.

Não era possível entender o que ele reivindicava. Aos poucos, contudo, a coisa se esclareceu. Criticava o comportamento de Bird, indigno de um professor de cursinho. Mas, como Bird não lhe respondesse, limitando-se apenas a fitá-lo intrigado, ficou possesso de furor e passou a atacá-lo. Desfiava um interminável descontentamento, lembrando a alta mensalidade cobrada, o pouco tempo disponível até os exames vestibulares, as esperanças que depositara no curso e a raiva da frustração. Da água para o vinho, o embaraço de Bird se transformava em pavor, que parecia aflorar à pele e se adensar ao redor dos olhos sob a forma de mancha. Um perfeito mico-de-óculos do pavor, era como se sentia. A raiva desse infeliz contagiará as outras noventa e nove cabeças de mosca. Estarei encurralado por cem vestibulandos enfurecidos. Pela primeira vez, teve a consciência de nunca haver compreendido bem os cem alunos para os quais vinha dando aulas durante semanas seguidas. E agora estava ali, cercado por uma centena de inimigos desconhecidos e com as energias esgotadas após crises de vômito produzidas pela ressaca. O aluno protestante se exasperava até as lágrimas. Bird queria responder, mas a boca estava seca, sem uma gota sequer de saliva após o vômito. Talvez conseguisse apenas emitir um grito de pássaro. O que posso fazer, meu Deus! — um mudo lamento. Esta minha vida está cheia de fossas traiçoeiras como esta, prontas para me engolir. Armadilhas nada parecidas com os perigos da vida aventureira que esperava encontrar na África. Se eu me deixar apanhar, não poderei desmaiar nem ter uma morte acidental. Terei de permanecer atônito, encarando as paredes da fossa que me engoliu. AM RATHER IN TROUBLE — quem precisa enviar esse telegrama sou eu. Mas a quem?

Nesse momento, um rapaz com jeito esperto sentado numa das fileiras do meio levantou-se e disse tranquilo ao aluno que protestara, provocando um anticlímax:

— Mas o que é isso? Pare de choramingar!

A miragem formada pelo clima tenso e carregado da classe se desfez e o ambiente se descontraiu. Os alunos riram alto. Era a deixa. Bird pôs o livro de textos sobre a caixa de giz e avançou para a porta.

Ao abri-la, ouviu novos brados de protesto às suas costas e se voltou. O aluno que o criticara estava de quatro no chão, em posição idêntica à sua quando vomitara, cheirando os dejetos. Gritava:

— É álcool! Tem cheiro de álcool! Você está de ressaca! Vou denunciá-lo ao diretor, vou pôr você na rua!

Como? Ah, pretende me denunciar. Quando Bird entendeu, o rapaz bem-humorado da sala voltava a falar:

— Opa, não coma isso aí! — e provocou novas risadas.

Livre do perseguidor, que continuava de quatro no chão, Bird desceu pela escada em espiral. Era como Himiko lhe dissera: contava com a cobertura de um atirador com idade para ser seu irmão menor. Nos poucos minutos que levou para descer as escadas, sentiu o gosto azedo remanescente do vômito na língua e no fundo da garganta, e franziu o cenho algumas vezes. Mas estava confortado.

# 6.

No cruzamento dos corredores que levavam aos setores de pediatria e de UTI neonatal, Bird parou, indeciso. Um paciente de cadeira de rodas que vinha em sua direção abriu caminho com uma carranca mal-humorada. No lugar onde deveriam estar suas pernas, o paciente trazia um enorme rádio antigo. Quanto às pernas, não havia vestígio delas em lugar nenhum. Sensibilizado, Bird se encostou na parede. O paciente voltou novamente um olhar furibundo para aquele representante da humanidade sobre pernas e seguiu velozmente pelo corredor. Suspirando, Bird observou-o passar. Se seu bebê ainda estivesse vivo, deveria seguir para a UTI, mas se já estivesse morto deveria buscar o setor de pediatria e efetuar os preparativos de autópsia e cremação do corpo. Era uma aposta. Bird começou a caminhar para a pediatria. Claramente, havia apostado na morte do bebê. Gravou isso em sua consciência. Acabara de definir-se como inimigo de seu filho — o real, o primeiro e o mais perigoso. Não sem remorsos. Havendo uma vida eterna, um juízo final, seria fatalmente declarado culpado. Entretanto, o sentimento de expiação vinha com sabor de mel, tal como ocorrera com a tristeza suscitada pela imagem do filho na ambulância, que surgiu com a cabeça enfaixada, como Apollinaire.

Seus passos se apertavam cada vez mais, na ânsia de receber o quanto antes o anúncio da morte do bebê. Ansioso como se estivesse indo ao encontro de uma amante. Preciso ser notificado da morte e depois enfrentar a burocracia (o hospital com certeza estava aguardando a autópsia, portanto a burocracia deverá ser simples, a cremação é que será complicada, prevenia-se). Hoje estarei velando sozinho meu filho e amanhã relatando o infortúnio a minha mulher. Direi que nosso bebê, morto por um ferimento recebido na cabeça, selou nossa união carnal. Algo assim. A vida doméstica voltará à normalidade — às mesmas insatisfações, às mesmas frustrações, a África sempre distante...

No guichê da administração da pediatria, inclinando a cabeça, Bird deu seu nome e explicou à enfermeira que o atendeu as circunstâncias em que trouxera o bebê para o hospital.

— Ah, é o bebê com hérnia cerebral, não é? — perguntou a enfermeira, amável. Fios negros de bigode ralo ao redor dos lábios, uma mulher já de certa idade. — Dirija-se à sala da UTI neonatal, sabe onde fica?

— Sim, eu sei — respondeu, a voz se enfraquecia, ficava rouca. — A criança ainda não morreu?

— Claro que está viva! Mama bem e tem força nas pernas e nos braços. Meus parabéns!

— Mas tem hérnia cerebral.

— Sim, é uma hérnia cerebral — disse a enfermeira, com um sorriso, sem se importar com o ar hesitante do interlocutor. — É o seu primeiro?

Calado, Bird respondeu somente com um aceno de cabeça e voltou às pressas pelo corredor em direção à UTI neonatal. Perdera a aposta. Quanto deveria pagar? Ao dobrar o corredor, deu de novo com o paciente de cadeira de rodas vindo em sua direção. Bird prosseguiu em frente, sem se desviar, e o paciente foi obrigado a sair do caminho bruscamente para não se chocar com ele. Bird não se comovia mais com ele, não tomava conhecimento de sua invalidez. Se o frustrado de cadeira de rodas que o observava aborrecido não tinha pernas, o corpo de Bird não tinha alma, estava vazio feito um armazém desabastecido. Do fundo do estômago e da cabeça, a ressaca ainda entoava uma odiosa canção de saudade. Bird se apressava, com a respiração curta e malcheirosa. A passagem entre o prédio principal do hospital e a ala de internação, arqueada como uma ponte pênsil, contribuía para intranquilizá-lo. E o corredor da ala de internação, com quartos de ambos os lados, evocava um longo túnel rumo à tênue claridade bem ao longe. Bird começou a correr em passos curtos. Estava pálido.

Porta da UTI neonatal. Revestida de metal, reforçada como a de um frigorífico. Através da porta, em voz baixa, Bird declarou seu nome à enfermeira, na sala. Como se segredasse algo vergonhoso, vergonha de ter um corpo são. A ideia lhe ocorrera ao saber do defeito físico do filho, e agora o assaltava novamente. A enfermeira o recebeu com ares de importância. Enquanto ela fechava a porta às suas costas, Bird viu um rosto refletido no espelho oval, instalado numa coluna logo à entrada. Molhado de um suor oleoso da testa ao nariz, lábios entreabertos querendo suspirar, olhar sombrio e ensimesmado. O rosto de um tarado. Num reflexo de repulsa desviou os olhos, mas não pôde evitar que aquela imagem do próprio rosto lhe ficasse gravada no fundo da retina. Para atormentá-lo pelo resto da vida — esse pressentimento, quase certeza, passou-lhe pela mente afogueada.

— O senhor reconhece o bebê? — perguntou a enfermeira, como se falasse com o pai da criança mais bela de todo o hospital, mas não sorria nem dava mostras de simpatia. Propunha um enigma, talvez fizesse isso com todos os visitantes. Os presentes interromperam momentaneamente suas atividades, na expectativa: a proponente do enigma, as duas outras enfermeiras perto de um aquecedor de água instalado ao fundo da sala, com imensa quantidade de mamadeiras para lavar, a outra, de meia-idade, ao lado delas, atarefada em pesar porções de leite em pó, o médico que examinava prontuários espremido numa mesa minúscula junto à parede poluída por um quadro-negro e papéis afixados em profusão, o outro médico, em conversa com um homem baixote, com certeza também pai de alguma outra fonte de problemas como ele próprio, Bird.

Bird circulou o olhar pela área de tratamento isolada por uma ampla parede envidraçada. Olhar penetrante, de puma no alto de um ninho de saúvas, escolhendo sua presa entre os frágeis animais da savana, abaixo. Num instante, médicos e enfermeiras desapareceram de sua atenção.

Uma claridade intensa, agressiva mesmo, inundava o ambiente. Início de verão, mas não ali. O recinto estava nas entranhas do auge do verão. A pele do rosto queimava sob os reflexos daquela forte luminosidade. Eram vinte berços e cinco incubadoras, semelhantes a órgãos elétricos. Mal se viam os bebês dentro delas, eles pareciam estar envoltos em neblina. Os bebês dos berços, ao contrário, estavam totalmente expostos. Inertes, agredidos pela claridade excessiva, dóceis animais domésticos, os mais dóceis do mundo. Embora fracamente, alguns mexiam os braços e as pernas, enfiados em fraldas e roupas brancas de algodão que pareciam pesar-lhes mais do que a roupagem de chumbo dos escafandristas. Todos tinham os movimentos tolhidos. As mãos amarradas nas grades dos berços (ainda que para não deixá-los arranhar a pele sensível) ou os tornozelos atados por cordas de gaze (ainda que para proteger os tornozelos feridos nas transfusões de sangue). Prisioneiros, pequeninos, impotentes — e quietos.

Ou seria o vidro da divisória que isolava as vozes? Mantinham as bocas tristemente fechadas, lembravam tartaruguinhas inapetentes. Bird examinou as cabeças, uma por uma. Não se recordava do rosto de seu bebê. Contudo, havia nele uma marca inconfundível. O médico-chefe já lhe dissera: *Pelo aspecto externo, a impressão que se tem é que são duas cabeças*. Até lhe perguntara se conhecia a música "Sob o estandarte da águia bicéfala", de Wagner. Um conhecedor de música clássica escondido na cidade, aquele médico.

Contudo, Bird não avistou nenhum bebê assim. Impaciente, procurou-o novamente pelos berços. De repente, e sem motivo aparente, todos os bebês começaram a chorar, agitados, abrindo as bocas cor de fígado bovino. Assustado, voltou-se para a enfermeira querendo indagar por que todos haviam despertado ao mesmo tempo, mas ela não se importava com o choro dos bebês e insistia no jogo de adivinhação, em conluio com as outras e os médicos:

— Não sabe? Ele está dentro de uma das incubadoras. Então, qual será a casinha de seu bebê?

Sem protestar, Bird examinou o interior da mais próxima, curvado, franzindo as sobrancelhas. Dir-se-ia que espiava o interior de um aquário através de vidros sujos e cobertos de plâncton. Descobriu ali um bebê pequenino, um frango depenado. Pele de cor estranha, escurecida, ressequida. Completamente nu, o pênis semelhante a uma ninfa de casulo envolto em saco plástico e o cordão umbilical protegido por gaze. Olhava para Bird com uma expressão adulta no rosto, o que o deixava parecido com um anão de livro ilustrado de contos de fadas. Também faria parte do jogo da enfermeira? Evidentemente, não era aquele o seu filho. Bird teve, pelo bebê prematuro e debilitado, sossegado como um velhinho, um sentimento próximo ao da amizade entre adultos. Com algum esforço, desviou o olhar dos olhos serenos, negros e úmidos da criança. Endireitou-se, decidido a acabar com a brincadeira. As outras incubadoras não podiam ser examinadas, pelo ângulo em que se achavam e pela direção desfavorável da luz.

— Não descobriu ainda? Ele está na última incubadora, ao lado da janela. Vamos trazê-la para cá, para que o senhor possa vê-lo melhor.

Bird se indignou, mas só por um segundo. Vendo que as enfermeiras e os médicos já não lhe davam atenção, conversando e retomando seus afazeres, preferiu acreditar que o quebra-cabeça a que fora submetido era uma espécie de cerimônia de batismo na UTI, e observou pacientemente a incubadora indicada. Dominado pela enfermeira desde o momento em que entrara naquela sala, já deixara de lado todo sentimento de resistência ou revolta. Manso, impotente, atado com cordas de gaze como os bebês que inexplicavelmente haviam começado a chorar de repente e ao mesmo tempo. Com um suspiro quente, enxugou nas calças a mão que transpirava e, com ela, limpou o suor da testa, das pálpebras e do rosto. Ao pressionar o globo ocular com as duas mãos, explodiram labaredas de um vermelho turvo e denso. Mergulhava de cabeça num abismo. Cambaleou.

Quando reabriu os olhos, a enfermeira havia passado para o outro lado da divisória envidraçada, uma fada atravessando o espelho. Procurava deslocar o aparelho de junto da janela. Bird esperou, enrijecendo o corpo e cerrando fortemente os punhos. E então pôde ver seu bebê. Já não estava com a cabeça enfaixada como Apollinaire. Diferentemente dos outros bebês da sala, mostrava uma estranha cor avermelhada, cor de camarão cozido. O rosto liso e lustroso parecia a cicatriz de uma queimadura recém-tratada. Os olhos fechados, acusando, quem sabe, um terrível desconforto, assim lhe pareceu, provocado decerto pela protuberância na parte posterior da cabeça, realmente uma segunda cabeça, rubra, meio esverdeada. Bird examinou-a com cuidado. Um peso incômodo, sem dúvida, preso à cabeça alongada e estranhamente pontuda, deformada pela pressão do canal vaginal na descida do parto. Mais do que a protuberância, a visão da cabeça deformada foi um choque que se cravou fundo em seu espírito, feito estaca. Uma ânsia de vômito pavorosa o ameaçou, de natureza diversa daquela produzida pela ressaca, enraizada nas estruturas de seu ser. Bird acenou com a cabeça para a enfermeira, que observava sua reação por trás da incubadora, sinalizando um basta. Rendia-se ao incompreensível, ao inescrutável. O bebê iria crescer com a saliência na cabeça? Não estava mais à morte. Nem era mais o ser gelatinoso, solúvel pelas fáceis e doces lágrimas de pesar. Começava a ganhar vida, a pressioná-lo, a atacá-lo até. Coberto de pele avermelhada cor de camarão, lustrosa como cicatriz de ferida, caminhava impetuosamente para a vida, carregando o chumbo da protuberância em sua cabeça. Vida vegetativa? Talvez. Um cacto perigoso. Constatada a reação de Bird, a enfermeira, satisfeita, reconduziu a incubadora à posição inicial. O berreiro tempestuoso das crianças fez-se ouvir novamente do outro lado da parede envidraçada, estremecendo o recinto onde a luz fervia como num forno. Bird tinha os ombros e a cabeça abatidos. Como pólvora em espingarda, o choro das crianças carregava sua cabeça caída. Desejou estar num berço ou numa incubadora, como os bebês. Numa incubadora seria melhor, uma incubadora enevoada, cheia de vapor. Respirando através de guelras dentro dela, Bird, peixe aparvalhado.

Voltando para junto dele, a enfermeira lhe disse:

— Deve providenciar a internação o quanto antes. O seguro é de trinta mil ienes.

Bird assentiu, calado.

— O bebê suga o leite com vigor e se mexe bastante.

Mas que sentido têm essas coisas?, conteve o impulso de perguntar, revoltado. O estado lamurioso em que se sentia o desgostava.

— Mas aguarde um pouquinho. Pedimos ao pediatra que viesse.

Bird foi então abandonado e esquecido. Os cotovelos das enfermeiras, projetados para os lados ao carregar mamadeiras e fraldas, raspavam nele de passagem, mas elas seguiam sem um olhar sequer. Era Bird quem sempre pedia desculpas baixinho. Enquanto isso, a voz alta e agressiva do homem baixote dialogando com o médico dominava o exterior da parede envidraçada.

— Ele não tem fígado mesmo? E por que aconteceu isso? Já sei, ouvi suas explicações uma centena de vezes, mas não consigo entender. Um bebê sem fígado, doutor?

Bird conseguira refugiar-se num canto afastado do trajeto das enfermeiras atarefadas. Contemplava, cabisbaixo, as mãos suadas. Pareciam luvas molhadas. Lembrou-se de ter visto as mãos do bebê, erguidas à altura dos ouvidos. Mãos grandes, de dedos alongados, semelhantes às suas. Escondeu-as nos bolsos e depois pôs-se a observar o baixote — já teria ultrapassado a meia-idade — empenhado numa discussão teimosa. Vestia camisa de gola, o primeiro botão aberto e as mangas arregaçadas, visivelmente folgada para a estrutura óssea de seu corpo macilento, em que se agarravam resquícios de musculatura que mais pareciam carne seca. Vestia uma bermuda marrom. Pescoço e braços à mostra, feios, queimados de sol, de aspecto fibroso e miserável. Pele e músculos do típico trabalhador braçal fisicamente inadequado e perseguido por um cansaço crônico. Olhos inexpressivos plantados sob a testa larga demais, numa cabeçorra de cabelos negros, crespos e oleosos grudados em desalinho. Queixo e lábios pequenos, desproporcionais à metade superior da cabeça.

Alguém que vivia do trabalho físico sem ser, contudo, um simples trabalhador braçal. Com certeza algum pequeno empresário diretamente envolvido em atividades braçais, esgotando a mente e os nervos na condução de sua empresa. Trazia um cinto de couro largo, como faixa abdominal, e, combinando com o cinto, uma espalhafatosa pulseira de couro de jacaré, no relógio de pulso em seu braço, que agitava sem parar. Colava-se ao médico, que era uns vinte centímetros mais alto do que ele. Mostrava-se arrogante tanto nas palavras como no semblante, afetando duvidosa autoridade, em contraste com o médico, este com ares de típico funcionário público de baixo escalão. Parecia querer com isso extrair vantagens a todo custo. Contudo, nos rápidos olhares que vez por outra lançava para Bird e para as enfermeiras, deixava transparecer também um ar fatalista, parecendo admitir a situação irremediável em que se achava. Um homem positivamente curioso.

— Por que isso foi acontecer, eu não sei. Um acidente. Mas a realidade é esta, o seu bebê não tem fígado. Reparou nas fezes? São brancas. Bem brancas, não é verdade? Já viu algum bebê defecar desse jeito?

O médico mostrava-se autoritário para repelir de vez a agressividade do baixote.

— Vi um pintinho defecar branco, doutor. As galinhas também possuem fígado, não é mesmo? Tanto que se come fígado de galinha no *yakitori*, certo? E mesmo assim as fezes de alguns pintinhos são brancas.

— Olhe aqui, estamos falando de bebês humanos, não de pintinhos!

— Mas isso é tão raro assim num bebê, doutor? Fezes brancas?

— Alguns bebês produzem fezes verdes; brancas, não! Não confunda!

— Está certo, entendi. Quem não tem fígado produz fezes brancas. Mas nem todos os bebês que produzem fezes brancas não têm fígado. Não será assim, doutor?

— Sobre isso, já lhe expliquei uma centena de vezes! — O médico gritou, irritado, mas a voz soou suplicante. Esforçava-se por manter a frieza, porém o rosto alongado, por trás de óculos de lentes grossas e escuras, estava descontrolado e tenso. Os lábios tremiam.

— Pois eu queria que o senhor me explicasse outra vez, doutor — disse o homem, calmo e com voz macia. — A falta de fígado do bebê não é nenhuma brincadeira, nem para ele, nem para mim, concorda?

Afinal, o médico se rendeu. Fez o baixote sentar-se na cadeira a seu lado e, de prontuário na mão, iniciou as explicações. Agora o diálogo se tornara exclusivo dos dois, e indistinto. De vez em quando o baixote interrompia o médico para intercalar dúvidas.

Bird tentava escutar, a cabeça espichada para o lado deles, quando a porta se abriu de repente e um homem vestido de branco, aparentemente da mesma faixa etária de Bird, aproximou-se com passos rápidos por trás dele.

— O parente da criança com hérnia cerebral, quem é? — perguntou, com voz fina e estridente de flauta metálica.

— Sou eu! Sou o pai — respondeu Bird, voltando-se para ele.

O médico o contemplou atentamente. Seus olhos lembravam os de uma tartaruga. Aliás, não somente os olhos. Também o queixo quadrado, o longo pescoço enrugado, tudo lembrava a Bird uma tartaruga. E não daquela espécie dócil, mas da selvagem e feroz. Contudo, havia traços de simplicidade e bondade naqueles olhos onde o negro se reduzia quase a um ponto inexpressivo, dando predominância ao branco.

— Seu primeiro filho? Que problema, não? — observou o médico, ainda um pouco desconfiado.

— Sim.

— Hoje, ainda não tenho muito a lhe dizer. Pretendo submeter o bebê ao exame de um neurologista nos próximos quatro ou cinco dias. Nosso subdiretor é uma autoridade nessa área. Enquanto isso, vamos fortalecê-lo para a eventualidade de uma cirurgia. Senão, será trabalho perdido. O setor de neurocirurgia está lotado de pacientes, não podemos perder tempo.

— Vão tentar uma cirurgia?

— Certamente, se conseguirmos deixá-lo suficientemente forte — disse o médico, interpretando de outra forma a hesitação de Bird.

— Mas há possibilidade de o bebê crescer como qualquer outro após a cirurgia? Ontem, no hospital onde ele nasceu, me disseram que, mesmo operado, ele teria uma vida apenas vegetativa.

— Uma vida vegetativa...

O médico se calava sem ir direto à resposta, que Bird aguardava em silêncio. De repente, Bird teve clara consciência do desejo vergonhoso que surgira nas entranhas de sua mente no momento em que tomara conhecimento, na recepção da pediatria, de que a criança estava viva. O desejo crescera com a espantosa rapidez de um bando abjeto de moscas negras e desde então viera ganhando contornos nítidos. Ai de mim e de minha mulher com essa criatura vegetal, esse bebê-monstro atrelado a nossas vidas! Preciso fugir dele. Do contrário, o que será de minha viagem à África? Aflito, Bird se encolhia, como se o bebê-monstro estivesse para atacá-lo da incubadora através da parede envidraçada. Mas que vergonha! O egoísmo o infestara como verme intestinal, o rubor lhe vinha à face, transpirava por todos os poros. Um de seus ouvidos se entorpecera por completo e por ele nada ouvia a não ser o fluxo do sangue. Seus olhos se injetavam, esmurrados por um punho enorme e invisível. Desgraçado, quer livrar-se da carga da criatura vegetal, do bebê-monstro, só para proteger a viagem à África! Ruborizou-se mais ainda, chegando às lágrimas, de tanta vergonha. Impossível confessar pensamentos como aqueles ao médico, tamanha a vergonha que sentia. Deixou-se ficar rubro como tomate, cabisbaixo, desesperado.

— O senhor não deseja que o bebê seja operado e se recupere, quero dizer, se recupere de alguma forma?

Bird estremeceu. Fora tocado por dedos entendidos na parte mais sensível e prazerosa e, ao mesmo tempo, mais vergonhosa de seu corpo, como a pele enrugada do saco escrotal. Ainda mais ruborizado, respondeu com uma voz odiosa, insuportável até a seus próprios ouvidos:

— Se não houver esperança de crescimento normal, mesmo passando pela cirurgia...

Dera o primeiro passo na direção da ladeira da covardia. Seguiria por ela até o fim. A bola de neve da covardia começara a rolar encosta abaixo. Cresceria rapidamente, sem dúvida. Pressentia que era inevitável. Estremeceu outra vez. Mesmo assim, havia súplica nos olhos quentes e lacrimosos com que fitava o médico.

— Não posso matar o bebê com minhas próprias mãos — indignou-se o médico.

— Mas é claro... — Bird se apressou em responder, tentando demonstrar surpresa com as palavras do médico, como se jamais esperasse aquela observação, mas viu que o médico não se deixara enganar nem um pouco por seu ardil psicológico. Vergonha em dobro, da qual Bird nem tentava se recuperar.

— Você me parece um pai jovem, ou me engano? Teria a minha idade?

O médico voltou a cabeça de tartaruga para os outros da equipe, circulando o olhar por eles. Sobressaltado, Bird achou que estava sendo ridicularizado. Se assim for, mato esse sujeito, murmurou no fundo da garganta, uma bravata inútil. O médico, porém, queria ajudá-lo em seu vergonhoso desejo e baixou a voz para que os outros não ouvissem:

— Posso regular o leite do bebê. Em certos casos o alimento é água com açúcar em lugar de leite, sabe. Vamos observá-lo por algum tempo, e se mesmo assim o bebê não se debilitar, a cirurgia será inevitável.

— Muito obrigado — disse Bird, com um suspiro degradante.

— Por nada — respondeu o médico, num tom que devolveu a Bird a suspeita de que estava sendo ridicularizado. Retomando, porém, o tom inicial, o médico acrescentou:

— Volte daqui a quatro ou cinco dias. Não adianta se precipitar e vir antes, pois não haverá mudança substancial do quadro em tão pouco tempo.

E com isso o médico trancou a boca como um sapo ao abocanhar uma mosca. Bird despediu-se dele com uma mesura, mas ao buscar a porta de saída foi alcançado pelo grito da enfermeira às suas costas:

— Não se esqueça de providenciar a internação logo que puder!

Acossado, Bird percorreu o corredor escuro, um fugitivo da cena do crime. Fazia calor. Na sala da UTI neonatal, o ar-condicionado estava ligado, percebia agora. O primeiro que encontrara funcionando naquele verão. Passou sorrateiramente as mãos pelos olhos, enxugando as cálidas lágrimas de vergonha que afluíam enquanto caminhava. Sentia a cabeça quente, mais que as lágrimas, mais do que o ar do ambiente onde estava. Prosseguiu a passos incertos de convalescente, sacudido por tremores constantes. Da janela aberta do ambulatório, pacientes em seus leitos, uns deitados, outros sentados, animalescos e sujos, viam-no passar em lágrimas, alheios e indiferentes. As lágrimas cessaram quando Bird chegou à ala dos quartos individuais, e contudo a sensação de vergonha permanecia pregada em seus olhos feito catarata. A vergonha penetrava também todo o seu corpo, aglutinava-se em nódoas como um câncer, câncer da vergonha — corpo estranho cuja presença já detectara. Mas a mente esgotada se recusava a pensar naquilo. Pela porta aberta de um quarto, Bird viu uma garota franzina. Estava de pé, completamente nua. Uma luz pálida esbatia-se sobre seu corpo, realçando-lhe a forma adolescente e tímida. A menina o fitava com um olhar brilhante e desafiador. Levava a mão esquerda ao tórax estreito, abraçando carinhosamente os pequenos seios em formação. Ao mesmo tempo, com a mão direita pensa, acariciava o púbis achatado, repuxando os pelos com os dedos. Depois, afastando aos poucos as pernas, afundava o dedo entre a penugem aloirada ao redor do sexo, iluminada um instante pela luz às suas costas, acariciando-se com delicadeza. Bird passou pela porta sem dar tempo à ninfomaníaca de atingir o orgasmo, sentindo porém compaixão, quase amor, pela garota. Não conseguia manter interesse por nenhum outro ser que não ele próprio, perturbado pela imensa vergonha. Ao chegar à passarela entre as unidades, Bird foi alcançado pelo baixote argumentador de cinto de couro e relógio com pulseira de jacaré. Aos pulos, o homem começou a andar a seu lado, tentando talvez compensar a diferença de estatura, mantendo contudo o ar arrogante. Depois, decidido, ergueu o rosto e puxou conversa em voz alta:

— Rapaz, você tem que lutar. Lutar!

Bird limitava-se a ouvi-lo.

— Lutar contra o hospital! Especialmente contra o médico! Eu, hoje, lutei muito, você me ouviu!

Fezes brancas, Bird se lembrava, e fez que sim com a cabeça. O baixote se mostrara arrogante para tentar conduzir a luta contra o hospital para um terreno que lhe fosse favorável.

— Meu filho não tem fígado. Se eu não lutar constantemente por ele, enfrentando o hospital, ele vai acabar dissecado vivo, essa é a verdade! Olhe, se quiser que as coisas corram bem no hospital, você tem que ter espírito de luta! Ser bonzinho e agradar aos médicos não funciona. Mesmo porque o paciente moribundo já está mais bonzinho que um morto. Nós, que somos os parentes, não podemos ser bonzinhos. É lutar, lutar! Da outra vez que estive aqui, até cheguei a dizer a eles: se meu filho não tem fígado, então ponham nele um fígado artificial! Para lutar, é preciso pensar em estratégia, é o que estou aprendendo. Já fizeram até ânus artificial para um bebê que nasceu sem intestino grosso, então por que não um fígado artificial para o meu? Eu lhes disse isso. Preferível a um ânus, não?

Chegaram ao saguão de entrada do hospital. O baixote se esforçava para que Bird risse, mas certamente seria a última coisa que ele faria naquele momento. Sem falar no motivo de seu rosto triste, Bird perguntou:

— Será que seu filho vai ficar bom até o outono?

— Ficar bom? Nem pensar. Meu filho não tem fígado! Eu apenas luto contra os dois mil funcionários deste grande hospital. Estou só lutando!

O baixote fez transparecer a ponta de uma tristeza tão peculiar que deixou Bird chocado. Mas vinha com um lampejo de dignidade — a dignidade dos oprimidos.

O homem lhe ofereceu carona em seu triciclo até a estação da rede ferroviária estatal mais próxima, mas Bird recusou. Foi sozinho até o ponto de ônibus na praça em frente ao hospital, andando sob o sol ardente. Começava a pensar nos trinta mil ienes necessários para a internação e já sabia de onde retirar o montante. Aí, a vergonha cedia momentaneamente lugar à revolta desesperada e sem alvo. Bird possuía trinta mil e poucos ienes. Eram suas economias iniciais para a viagem à África, quantia até então simbólica, um marco sentimental. Aquele marco estava sendo arrancado. Nada mais tinha, agora, que o ligasse diretamente à viagem, exceto os dois mapas rodoviários. Embora transpirasse por todo o corpo, o contorno de seus lábios, orelhas e as pontas de seus dedos estavam gelados e úmidos. Era o último da fila à espera do ônibus. África, que piada!, praguejou num fio de voz. O senhor idoso à sua frente quis voltar-se, mas desistiu e girou novamente a enorme cabeça calva, devagar, para a frente. O verão chegara cedo demais, invadindo de assalto a cidade. Estavam todos indolentes e sem ânimo.

Bird, também sem ânimo para nada, de olhos fechados, suava, assaltado por calafrios. O mau cheiro do próprio corpo lhe vinha às narinas, notou pela primeira vez, o ônibus demorava. Fazia calor. A vergonha e o turbilhão de revolta sem destino no interior de sua mente estavam sendo engolfados por uma densa sombra avermelhada que se expandia cada vez mais. Tornara-se insensível à luz e aos ruídos do mundo ao redor. E dessas trevas brotou uma compulsão sexual que cresceu rápido como seringueira jovem. Ainda de olhos fechados, vasculhou o bolso para tocar, por baixo do tecido, o pênis rígido. Carente, deprimido e miserável, queria praticar sexo antissocial, tão despudorado quanto expor em público a vergonha que o consumia. Deixou a fila de passageiros do ônibus. A luminosidade agressiva atingia-lhe os olhos agora abertos, e a praça lhe pareceu o negativo de um filme fotográfico em preto e branco. Procurou um táxi. Pretendia voltar ao quarto de Himiko, escondido da luz do sol. E se ela me recusar, eu a esbofeteio, deixo-a sem sentidos e a estupro. Procurava encontrar coragem na impaciência.

# 7.

Exausto e pálido, Bird terminava de falar. Himiko disse, suspirando:

— Você sempre está em péssimas condições quando quer me levar para a cama, não é, Bird? Hoje, então, nem se fala; é o pior Bird que já vi.

Bird permaneceu obstinadamente calado.

— Mesmo assim, concordo em dormir com você. Sabe, desde o suicídio de meu marido, a virtude não me interessa mais. Assim, se você pretende um sexo indecente comigo, conseguirei descobrir nele algo que seja *genuine*. Disso estou certa.

*Genuine*: puro, real, honesto, verdadeiro, sério, genuíno. Bird, o professor de inglês de cursinho, desfiava as traduções possíveis na cabeça. Mas quão distante estava de qualquer daqueles sentidos!

— Vá para a cama primeiro, Bird, enquanto tomo um banho.

Bird despiu a roupa suada e se estendeu de costas sobre o cobertor puído. Com a cabeça sobre as mãos fechadas, baixou os olhos e observou o próprio ventre. A banha estava se acumulando ali. O pênis, com uma ereção incompleta, aparecia esbranquiçado.

Pela porta de vidro totalmente aberta entre o banheiro e o quarto, Bird pôde ver a amiga sentada de costas na privada. Tinha uma jarra grande numa das mãos e, com as pernas bem abertas, lavava vigorosamente a vagina. Bird a observou por algum tempo, imaginando ser aquele um hábito aprendido em relações sexuais com estrangeiros. Depois, voltou outra vez os olhos discretamente para seu ventre e pênis, enquanto esperava por ela.

— Hoje é um dia em que corro risco de engravidar, Bird. Você está prevenido? — perguntou Himiko, terminando o banho, entretida em enxugar com uma enorme toalha os respingos d'água que lhe molhavam a região do peito.

— Não, não me preveni.

Mas a palavra *engravidar*, como espinho ardente, cravara-se fundo no ponto mais delicado de seu interior. Bird soltou um gemido triste. O espinho se introduzira até os órgãos e continuava a queimar.

— Então vamos dar um jeito — disse Himiko depositando a jarra sobre o assoalho com um barulho de bate-estacas e voltando para junto de Bird, ainda a esfregar o corpo com a toalha de banho.

Com uma das mãos, Bird escondeu o pênis, completamente encolhido, escuro e flácido, e disse, envergonhado:

— Murchou de repente, Himiko. É verdade, agora não tem mais jeito!

De pé, ela olhava para o amigo, respirando com força, cheia de saúde. Parecia querer adivinhar o que havia por trás das palavras de Bird, enquanto com a toalha continuava esfregando as virilhas e o espaço entre os seios. O cheiro do corpo de

Himiko despertava em Bird inúmeras recordações dos verões agitados dos tempos de estudante. Era sufocante. Cheiro de corpo molhado queimado de sol. Franzindo o nariz como um cachorrinho, Himiko soltou um riso franco e seco. Bird enrubesceu.

— Isso é o que você pensa, é só isso, Bird!

Despreocupada, deixou cair a toalha de banho e quis atirar-se sobre ele, apontando-lhe os pequenos seios, presas pontudas. O instinto de defesa falou alto e Bird se apavorou feito criança. Estendeu a mão em direção ao ventre de Himiko, com a outra ainda sobre o pênis. A mão, em contato com o ventre macio, afundou-se nele, deixando-o arrepiado.

— Você disse *engravidar* aos gritos, essa palavra foi a culpada — desculpou-se, falando depressa.

— Eu não gritei — retrucou Himiko ressentida.

— A palavra me inibiu, não é bom falar em gravidez.

Talvez influenciada por Bird, que escondia desesperado o pênis, Himiko também ocultou os seios e o púbis com as mãos. Ali estavam dois lutadores nus da Antiguidade protegendo as partes sensíveis do corpo com as mãos e vigiando-se belicosos, sem recuar um passo.

— Mas o que aconteceu, Bird? — perguntou, começando a perceber a gravidade da situação.

— Fui envenenado pela palavra gravidez.

Himiko foi sentar-se ao lado das coxas do companheiro, com os joelhos juntos. Bird torceu os quadris na cama estreita e abriu espaço para ela. Movendo o braço que escondia os seios, Himiko tocou com os dedos, com delicadeza, a mão de Bird ainda sobre o pênis. Depois tentou encorajá-lo, tranquila mas segura de si:

— Posso fazer com que você tenha uma ereção suficiente. Sabe, muito tempo se passou desde aquela marcenaria.

Incerto, perdido no escuro, sem ninguém para ajudá-lo, o movimento dos dedos de Himiko em sua mão lhe dava cócegas. Mas ele aguentava. Agora, dizer o que para ela? Seria compreendido? Bird duvidava. Precisava explicar de alguma forma o que se passava com ele para sair daquela situação.

— Não é uma questão de técnica — disse, tirando os olhos dos seios da amiga. Seios honestos, tristonhos. — É pavor.

— Pavor? — ela perguntou, tentando achar graça.

— Tenho pavor do recanto escuro e profundo que gerou o bebê monstruoso.

Bird também procurou tornar a explicação engraçada, mas não conseguiu, e ficou ainda mais acabrunhado.

— Quando vi o bebê com a cabeça enfaixada, pensei em Apollinaire. É um tanto sentimental, mas quando o vi daquele jeito tive a sensação de que o bebê tinha sido ferido na cabeça numa batalha travada no fundo de uma gruta escura e fechada que nem conheço. (Lembrou-se das doces lágrimas na ambulância, havia salvação para elas. Mas as lágrimas de vergonha no corredor do hospital — para essas, não havia salvação alguma.) Não posso apontar meu pobre pênis para esse campo de batalha.

— Mas isso não diz respeito a sua mulher? Não é um pavor que você vai sentir na primeira vez que vocês tiverem sexo após a recuperação dela?

— Supondo que eu e minha mulher algum dia voltemos a ter sexo — disse Bird, já pressionado pelos embaraços que o aguardavam semanas adiante —, então, além do pavor, virá com certeza uma sensação de incesto com meu filho, para atrapalhar ainda mais. E aí, nem com um pênis de aço vou conseguir manter a ereção...

— Pobre Bird! Basta lhe dar um pouco de tempo e você já desfia mil e um complexos para justificar a impotência! —

escarneceu Himiko, deitando-se de bruços ao lado de Bird no espaço estreito da cama.

Sob o peso de ambos, a cama se vergava como uma rede. Todo encolhido, Bird ouviu a respiração ofegante da amiga bem perto do ouvido. Aquilo o assustou. Ela já acendeu seu estopim de desejo, preciso tomar alguma providência. Mas não posso enfiar o pênis, esse filhote de toupeira cega, no antro escuro lá no fundo desse labirinto confuso de paredes pegajosas! Himiko continuava deitada em silêncio. A pontinha quente do lobo de sua orelha roçava a têmpora de Bird. O corpo dela, estendido ao lado do dele, estava sendo atacado por um enxame de mosquitos do desejo. Talvez ele pudesse utilizar os lábios, a língua ou os dedos para aliviar-lhe a libido. Mas na noite anterior ela já dissera que não gostava disso, que parecia masturbação. Se eu fizer essa proposta agora e for recusado pelos mesmos motivos, ambos nos desprezaremos. Se Himiko tivesse queda para o sadismo, talvez houvesse solução. Faria qualquer coisa, exceto lidar com aquele orifício, fonte de todos os males. Pancada, chute, pisada, qualquer coisa, aguento com tranquilidade. Até beber urina. Pela primeira vez na vida, descobriu que possuía tendências masoquistas. Vim de um pântano de vergonha, extenso e profundo. Essas outras vergonhas insignificantes são até uma tentação de penitência. Assim é que as pessoas ingressam no caminho do masoquismo. As pessoas, digo, eu mesmo. Mais honesto assim. Em breve, terei me tornado um masoquista quarentão recordando os acontecimentos de hoje, dia de minha conversão ao masoquismo. Bird estava absorto em pensamentos egocêntricos.

— Bird?

— Sim? — respondeu conformado, esperando o início de uma cobrança.

— Você precisa derrubar depressa essas barreiras sexuais que criou. Do contrário, seu mundo sexual vai se distorcer.

— Pois é. Eu estava agora mesmo pensando sobre masoquismo.

Uma insinuação indecente. Quem sabe Himiko mordesse a isca da palavra masoquismo e desse a entender, desejosa, que ela também pensava muitas vezes em sadismo, em outra insinuação igualmente indecente. Faltava a Bird até a franqueza despudorada dos pervertidos sexuais. O veneno da vergonha o reduzira ao estágio final da decadência.

Após um silêncio desconfiado, sem procurar ir fundo no que havia por trás das palavras de Bird, Himiko continuou:

— Para dominar o pavor é necessário definir bem seus contornos e isolá-lo, Bird.

Ele não compreendeu bem as intenções de Himiko.

— O que lhe causa pavor são partes do corpo feminino, como a vagina ou o útero, ou é a mulher inteira, por exemplo eu, todo o meu ser?

— Acho que é a vagina e o útero — respondeu ele, após refletir um pouco. — Você não tem nada a ver com a desgraça que me atingiu. Apesar disso, eu me inibo na presença de seu corpo nu porque você possui uma vagina e um útero, é só por isso.

— Então, Bird, é só deixar de lado a vagina e o útero — disse Himiko, medindo bem as palavras. — Se você limita os motivos de seu pavor à vagina e ao útero, então o inimigo que você deve combater está nesses domínios: vagina e útero. E o que o apavora na vagina e no útero?

— São essas coisas de que já lhe falei. Fazendo uso de sua expressão preferida, sinto que existe um outro universo no interior delas. Um universo estranho, repleto de entes anti-humanos, como trevas e infinito. Tenho a sensação de que, se penetrar nele, vou penetrar num espaço regido por um tempo diferente, e nunca mais poderei regressar.

Bird disfarçava para evitar que a lógica de Himiko lhe revolvesse a vergonha. Himiko desfechou um ataque direto.

— Você acredita que sem a vagina e o útero não terá mais temor do corpo feminino?

Bird hesitou e respondeu corando:

— Bem, não é muito importante, mas os seios...

— Então se você vier por trás, não sentirá medo, não é?

— Mas... — tentou objetar.

— Veja — disse Himiko, sem lhe dar oportunidade —, sempre achei que você é o tipo que atrai rapazes mais jovens, da idade de um irmão menor. Nunca fez sexo com eles?

Em seguida, Himiko expôs um plano cujo teor era suficiente para derrubar todo eventual moralismo sexual de Bird. Ele se perturbou. Sem levar em conta o que isso pode provocar em mim — deixou de pensar nele próprio por alguns momentos —, Himiko teria de suportar dores físicas agudas, seu corpo poderia rasgar-se, sangrar. Ficaremos, ambos, imundos. E, contudo, surgia uma nova compulsão sexual, entrelaçada à repulsa como as fibras de uma corda.

— Não vai se sentir deprimida depois? — sussurrou, meio rouco de excitação, mostrando ainda uma última relutância.

— Se nem naquela noite na marcenaria, suja de sangue, barro e aparas de madeira, eu me senti! — assegurou, em tom encorajador.

— Mas você vai sentir prazer?

— Só quero fazer uma coisa para o seu bem, só isso.

E acrescentou, com todo o carinho de que era capaz, para evitar que Bird se constrangesse:

— Além do mais, eu já não lhe disse que sempre consigo extrair algo *genuine* de toda forma de sexo?

Bird se calou. Deitado, observou a amiga enquanto ela escolhia um dos frascos da penteadeira, ia ao banheiro e retirava toalhas limpas do armário. A incerteza avançava lentamente como uma maré, ameaçando tragá-lo. Bird levantou-se de repente e apanhou o uísque largado ao lado da cama, sorvendo um gole diretamente do gargalo. Lembrou-se de que horas antes estava na praça em frente ao hospital, no ponto de ônibus, sob o sol escaldante, querendo o sexo mais vergonhoso possível. Está ao meu alcance agora, pensou. Mais um gole e se deitou novamente. O pênis estava rijo, quente e pulsante. Himiko voltou para a cama procurando não olhar para Bird. Mostrava um rosto sério, porém doce. Particularmente excitada, quem sabe? Venci a primeira e a maior das barreiras, a da vergonha, agora vou saltar todas as barreiras dessa ilimitada corrida de obstáculos, uma a uma. Himiko, porém, julgou perceber nele sinais de hesitação. Disse:

— Não tenha receio, Bird, não vai acontecer nada de mais.

A princípio, Bird se preocupou com Himiko, por isso não conseguiu êxito em diversas tentativas. Pequenos ruídos cômicos e odores estranhos pareciam zombar dele. Reagiu, e aos poucos foi tomado por uma obsessão egoísta. Afinal, alcançado seu intento e seguro de si, esqueceu Himiko e deixou-se absorver completamente pelo ato. Detesto seios flácidos e também uma vagina animalesca e selvagem. Quero é um orgasmo solitário, só meu. Nem pretendo que ela me veja durante o sexo. Fiapos de pensamento como esses corriam em sua mente, prenunciando a chegada do prazer. Fazer sexo preocupado com o orgasmo da mulher e com as responsabilidades de uma gravidez, com nádegas nuas empinadas, é lutar para meter uma canga no próprio pescoço. Estou violentando uma mulher da forma mais vergonhosa possível — vangloriou-se, a mente inflamada. Sou capaz das maiores vilezas. Sou a vergonha materializada, a matéria quente que lacera meu pênis agora. Um orgasmo violento e estonteante o assaltou.

A cada estremecimento de Bird, Himiko soltava um gemido estridente, que Bird ouvia meio desfalecido. De repente, mordeu Himiko como se não pudesse conter o ódio. Himiko soltou um novo gemido, dessa vez mais forte. Abrindo os olhos, Bird viu uma pequena gota de sangue escorrer do lobo anêmico da orelha da amiga para o rosto dela e grunhiu.

Terminado o orgasmo, Bird sentiu ter causado, sem motivo algum, um grande mal a Himiko. Ficou petrificado. Restabelecer relações humanas após aquele sexo bestial? Duvidava. De bruços e ofegante, queria derreter, sumir. Para sua surpresa, Himiko sussurrava para ele, com a tranquilidade de sempre:

— Não toque em nada, Bird, e venha comigo até o banheiro. Eu tomo conta de tudo.

Estupefato, mas salvo e aliviado, Bird corou e desviou o rosto. Himiko tratou-o como a um paraplégico sem controle dos membros inferiores, deixando-o ainda mais surpreso. Sem dúvida, havia encontrado uma especialista em sexo. Que longos caminhos teria essa amiga percorrido desde aquela noite de inverno? Tudo o que pôde fazer para compensar sua dedicação foi limpar com um desinfetante a marca que produzira com os dentes no ombro dela, lavando, desajeitado como uma criança tímida, os três ferimentos esparsos no local. Aos poucos, a cor foi voltando às faces e às pálpebras da amiga, e Bird se tranquilizou.

Na cama refeita com lençóis trocados, Bird e a amiga estavam novamente estendidos lado a lado, respirando com tranquilidade. Bird estranhava o silêncio dela, mas a respiração leve e o olhar suave e sossegado, fixo num ponto do espaço sombrio, o consolavam. Ele próprio estava imerso numa profunda sensação de paz, longe de querer envolver-se em investigações psicológicas. Estava grato. Sua gratidão não se limitava particularmente a Himiko. Gratidão pela paz, mesmo que passageira, descoberta em meio à profusão de armadilhas impiedosas em que se envolvera. As fronteiras da vergonha que o aprisionara, contudo, continuavam a expandir-se. Naquele momento, numa sala distante da UTI neonatal, a "marca" daquela vergonha estava sendo gravada, enquanto Bird, ali deitado, entregava-se à paz. Percebeu então que as inibições anteriores, uma vez vencidas, haviam desaparecido.

— Que tal repetirmos, agora do jeito normal? Tenho a impressão de que consegui controlar o medo.

— Obrigada, Bird. Mas vamos dormir até a meia-noite. Diga-me se precisar de um sonífero. Se depois disso seu pavor não tiver voltado, a gente repete.

Bird concordou, e não precisava de nenhum sonífero.

— Você me consola — disse, com sinceridade.

— Claro que sim. Ninguém ainda procurou consolá-lo, desde que tudo começou, não é? Isso é ruim. Em momentos como este, todo mundo precisa de alguém que o console bastante. Do contrário, se verá desamparado quando precisar de toda a coragem para enfrentar o caos.

— Coragem? — Bird nunca havia pensado nisso. — Quando vou precisar dela?

— Vai precisar, Bird. E muitas vezes, daqui para a frente — respondeu ela com simplicidade e uma serena convicção.

Depois do longo período sem contato, Bird descobria na amiga uma guerreira calejada na batalha da vida. Himiko não era especialista apenas em assuntos sexuais, mas em muitas outras disciplinas do mundo real. Estava sendo influenciado por ela. E, de fato, acabara de dominar um temor, instruído por ela. Teria alguma vez conseguido conversar assim francamente com uma mulher após o sexo? Nessas horas sempre se vira torturado pela autocompaixão e pelo desgosto, mesmo quando a parceira era a própria mulher. Tocou nesse assunto com Himiko, sem, porém, referir-se à mulher.

— Autocompaixão? Desgosto? Acho, Bird, que você não estava sexualmente amadurecido. Quem sabe as mulheres com quem você esteve também não tenham sentido o mesmo? Essas experiências sexuais, no final das contas, não foram boas.

O rapazinho e o cavalheiro baixinho com cara de ovo que chamaram por Himiko de fora da janela teriam, com certeza, tido um bom sexo com ela. Invejoso e ciumento, manteve-se calado por um instante. Himiko falou, despreocupada mas com um perceptível mau humor:

— Pessoas que após o sexo padecem de autocompaixão são arrogantes e desprezíveis, Bird. Ainda se fosse apenas desgosto...

— Tem razão. São pessoas inseguras, não tiveram a chance de ser socorridas por especialistas em sexo como você.

À vontade como se estivesse no divã de um consultório psiquiátrico, Bird conversava animado com a doutora Himiko, mostrando-se desinibido e dependente. E ao preparar-se para dormir, pôs-se a pensar no que teria levado o jovem marido de uma mulher tão preciosa como aquela ao suicídio. O cérebro de Bird estava pesado e vazio, contaminado pelo vírus do sono, e a cabeça lhe parecia cheia de água morna. Porém, ali cresceu um pensamento: estaria Himiko procurando pagar pela morte do marido, valendo-se para isso dele, e também do rapazinho e do cavalheiro com cara de ovo? O marido de Himiko se enforcara naquele quarto. Subira naquela mesma cama para enforcar-se. Nu, como o próprio Bird agora. Naquele dia, Himiko o avisara por telefone e Bird fora ajudá-la a descer ao chão o corpo do moço, a tirá-lo do laço da corda passada pela viga do teto. Um açougueiro desembaraçando os quartos de boi do gancho gelado do frigorífico. Às portas do sono, Bird confundia-se com o morto, meio sonhando. Sua parte desperta sentia as mãos de Himiko enxugarem-lhe o suor do corpo e, em sonho, via as mãos brancas da amiga limpar o cadáver do marido, sentindo-as porém no próprio corpo. Eu sou o jovem morto, agora posso suportar o calor do verão prestes a chegar de verdade. Porque um morto tem o corpo tão gelado quanto o tronco de uma árvore no inverno! Mas não vou me suicidar, murmurou, saindo do sonho com um estremecimento. Em seguida, submergiu nas trevas de um sono mais denso e profundo.

Pouco antes de despertar, Bird achava-se em meio a outro sonho, bem diferente daquele ingênuo que tivera ao adormecer. Um sonho farpado de sofrimento. O sono de Bird era uma espécie de funil. Tinha uma entrada larga e fácil. Mas a despedida do sono se dava por uma saída estreita e difícil. O corpo flutuava num espaço infinito e transparente, movendo-se devagar, um zepelim cheio de gás. Fora intimado por inquisidores postados além das trevas. Em desespero, procurava descobrir como poderia enganá-los e livrar-se da responsabilidade da morte do bebê. Achava impossível, mas queria declarar que aquilo fora obra do pessoal do hospital. Escaparia da punição? Continuava flutuando a esmo, como um pequeno zepelim, e sofrendo — o sofrimento de um covarde.

Bird acordou. Tinha os músculos enrijecidos pela cama à qual não estava acostumado e na qual se sentia como no ninho de algum animal de uma constituição física muito diferente da dele. Corpo rígido, imobilizado por diversas camadas de gesso. Mas onde ele estava numa hora crítica como aquela? Nem bem despertou e o alerta de perigo despontou como um chifre do meio da névoa em que se perdia. Onde estava numa hora crítica como aquela, de luta com o bebê-monstro? Começou a se lembrar da conversa com o médico na UTI neonatal. A sensação de perigo dava lugar à de vergonha, sem porém desaparecer. Permanecia colada no verso do sentimento de vergonha. Repetiu, agora em voz alta:

— Mas onde estou, numa hora crítica como esta?

Voz corroída pelo ácido do pavor. Sacudiu a cabeça feito um possesso tentando farejar armadilhas na escuridão. Estava nu e indefeso, e havia alguém também nu dormindo a seu lado. Sua mulher? Estava dormindo com a mulher que se recuperava do parto, ambos nus, quando nem mesmo lhe havia revelado o segredo da criança disforme? Mas que despropósito! Bird estendeu uma mão medrosa para tocar-lhe os cabelos. E quando passou a outra desde os ombros até a virilha da mulher (corpulenta, cheia, macia como um felino, em nada parecida com sua mulher), vagarosamente, porém sem hesitação nenhuma, ela o abraçou. Bird voltou à consciência. Descobriu a amante e descobriu o desejo em seu próprio corpo, já sem nenhuma aversão a órgãos femininos. Ignorando a dor nos braços e ombros, Bird a abraçou, um urso agarrando a presa. Himiko, ainda adormecida, era corpulenta e pesada. Bird apertou-a vagarosamente nos braços. Com o tórax junto ao peito e ao ventre de Bird, Himiko deixou a cabeça pender para trás, sobre os braços dele. Bird contemplou com atenção sua face. O rosto, cuja alvura se destacava na escuridão, pareceu-lhe dolorosamente inocente. Himiko despertou de repente e, abrindo os olhos, sorriu. Moveu ligeiramente a cabeça e beijou-o com os lábios quentes e secos. Passaram suavemente ao ato sexual.

— Você consegue segurar, durante o meu orgasmo? — perguntou Himiko, com a voz ainda sonolenta. Prevenia-se contra o risco da gravidez. Ela já havia dado o seu primeiro passo irreversível rumo ao clímax.

— Consigo — respondeu compenetrado, como um bravo piloto que recebe o aviso de tempestade próxima. Mas procurou não transmitir a ela hesitação em seus movimentos. Tentava compensá-la do sexo malfeito da noite na marcenaria.

— Bird! — exclamou Himiko, a voz aflita consoante com a inocência de seu rosto erguido na escuridão. Bird suportou com estoico autocontrole os poucos segundos em que Himiko chegou a algo próprio e genuíno naquele sexo, assim como um velho companheiro de armas assistindo-a no campo de batalha. Tremores percorreram o corpo dela por longo tempo. Depois, infinitamente feminina, doce, frágil e delicada, Himiko soltou um suspiro abafado, como uma cria que acabou de mamar, e adormeceu. Bird suportava o peso do próprio corpo com os cotovelos para não pressioná-la enquanto a mantinha sob o peito. Um pássaro guardando o filhote. Um odor saudável de suor subia da cabeça de Himiko. Bird atingia o auge da excitação, mas não queria perturbar o sono da amiga. O feitiço contra a feminilidade sob cujo poder estivera horas antes havia deixado seu cérebro, e Bird estava totalmente entregue a Himiko, mais feminina do que nunca. E sua sensível parceira sexual já captara essa mudança. Pouco depois, Bird ouviu sua respiração compassada. Cuidadosamente, procurou afastar o corpo e sentiu no pênis um aperto de mão quente e suave. Himiko, adormecida, havia feito uma pequena tentativa para retê-lo. Bird alcançou uma satisfação sexual curta mas genuína. Sorriu feliz e adormeceu em seguida.

Bird dormiu. Seu sono era outra vez um funil. Entrou sorrindo no mar do sono, mas ao retornar à praia um sonho sufocante o agarrou. Fugiu dele em lágrimas. Quando acordou, Himiko já estava desperta e, preocupada, observava suas lágrimas.

# 8.

Carregando numa das mãos uma sacola contendo cinco grapefruits e na outra seus sapatos, Bird subia as escadas em direção ao quarto da mulher, no terceiro andar do hospital onde ela estava internada. No meio da escada encontrou com o médico do olho de vidro, que descia. O médico parou alguns degraus acima e curvou-se sobre Bird para conversar. Isso fez Bird sentir-se um tanto coagido, embora o médico lhe tivesse perguntado apenas como iam as coisas.

— A criança está viva — respondeu Bird.

— Foi operada?

— Estão dizendo que ela talvez morra debilitada antes da cirurgia.

O rubor subia ao rosto erguido de Bird.

— Isso é muito bom — replicou o médico.

Bird enrubesceu ainda mais, a ponta dos lábios tremia. As respostas secas que dava faziam o médico corar também.

— Nada contei a sua esposa sobre o cérebro do bebê. A criança está com problema nos órgãos, assim é que estão as coisas para ela. Não é mentira, pois o cérebro também é um órgão. Não se deve recorrer à pura mentira para salvar uma situação, porque, se ela for descoberta, será necessária outra mentira!

— É.

— Bem, até logo. Não hesite em me procurar, se surgirem problemas.

Cumprimentaram-se com polidez e passaram um pelo outro sem se olharem. Isso é muito bom, dissera o médico. Bird ficou ruminando aquelas palavras. A criança morre debilitada antes da cirurgia. Em outras palavras, Bird se livra de ficar com uma criança vegetal, e isso sem ter de matá-la com as próprias mãos. Basta aguardar que ela morra higienicamente debilitada num hospital moderno. Pode até se dar ao luxo de esquecer a criança durante esse tempo. É só o que tem a fazer. Isso é muito bom! A vergonha, profunda e pesada, retornava e parecia enrijecer-lhe o corpo. Mulheres grávidas em pijamas de tecido sintético de cores diversas, ou em recuperação de um parto recente, passavam por ele. Mulheres com um corpo enorme e irrequieto nas entranhas e mulheres que ainda conviviam com as recordações e hábitos desse período. Como elas, Bird caminhava lentamente, em passadas curtas. Como elas, carregava no útero da mente um corpo enorme e irrequieto — a vergonha. As mulheres o olhavam com incompreensível indignação, o que o deixava intimidado e cabisbaixo. Haviam assistido à partida da ambulância em que ele estava com o bebê disforme. Pareciam uma revoada de anjos. Quem sabe já estavam a par de tudo o que lhe sucedera. Quem sabe murmuravam no fundo da garganta como ventríloquas: Ah, aquela criança está entregue aos cuidados do matadouro de crianças, onde existe um sistema muito eficiente de esteiras transportadoras, e espera com tranquilidade a morte por debilitação. *Isso é muito bom!*

Um tumulto de choro de bebês chegou aos ouvidos de Bird. Circulando rapidamente o olhar, deu com um grande número deles em filas de berços no berçário. Fugiu dali em passos apressados, sentindo-se perseguido pelo olhar das crianças.

Na frente da porta do quarto da mulher, Bird cheirou por um instante, cuidadosamente, mãos, braços, ombros e a região do peito. Nem queria imaginar a confusão em que se envolveria se ela, à espera dele, detectasse o odor de Himiko com seu olfato aguçado! Voltou a cabeça, como se quisesse certificar-se do caminho de fuga, e viu mulheres de pijama paradas nos cantos do corredor escuro de cenho franzido pelo esforço de tentar observá-lo melhor na obscuridade. Queria fazer uma careta para elas, mas limitou-se a balançar a cabeça, desanimado, e deu-lhes as costas, batendo hesitante na porta do quarto. Fazia o papel de um jovem marido abatido por uma súbita desgraça.

Ao entrar, Bird encontrou a sogra de costas para a janela adornada por uma exuberante folhagem verde e sua mulher erguendo a cabeça como uma lontra por trás dos joelhos levantados, envolvidos pelo cobertor. Ambas olharam assustadas para ele na claridade intensa e cheia de reflexos esverdeados que inundava o quarto. Assustadas ou tristes, elas revelaram, pela expressão facial e até corporal, a ligação sanguínea que havia entre elas. Com esses pensamentos, Bird disse:

— Desculpe se as assustei. Bati na porta, mas como foi de leve...

Aproximou-se do leito da mulher.

— Ah, Bird! — ela suspirou, fitando-o com olhos cansados que imediatamente se encheram de lágrimas. A pele sem maquiagem realçava os pigmentos escuros, dando-lhe uma aparência sólida de rapaz, a mesma de quando a vira pela primeira vez. Era então uma tenista. Exposto ao olhar da mulher, Bird sentiu-se desprotegido. Deixou o pacote de grapefruits sobre a beira do cobertor e agachou-se para guardar os sapatos ao lado da cama, como quem procura esconder-se. Ah, se pudesse conversar com ela ali do chão, rastejando e recuando como um caranguejo, lamentou antes de se erguer. Forçando um sorriso, disse, com voz melódica:

— Olá! A dor já passou?

— Ainda dói de vez em quando. São contrações que me vêm de tempos em tempos. Mesmo quando não dói eu me sinto bem, e dói sempre que eu rio.

— Que chato!

— É mesmo muito chato, Bird. E o bebê, como vai?

— O médico do olho de vidro não lhe explicou? — disse Bird, tentando conservar o tom melódico e dirigindo um rápido olhar à sogra, como o de um boxeador inseguro ao treinador.

De pé no espaço estreito entre a cama e a janela, a sogra, agitada, fazia sinais incompreensíveis. Uma coisa, porém, era certa: ela queria que Bird não falasse.

— O que será que aconteceu com o meu bebê... — perguntou-se a mulher, entregue aos próprios pensamentos, revelando toda a solidão que sentia. Torturada pela suspeita e pela desconfiança, com certeza já repetira essa mesma pergunta, e nesse mesmo tom, centenas de vezes.

— Ele tem algum problema nos órgãos. Os médicos não me dão detalhes, suponho que ainda estejam estudando o caso. Além do mais, esses hospitais anexos às faculdades são muito burocráticos.

As mentiras começavam a feder.

— Se é preciso todo esse cuidado, provavelmente deve ser o coração. Mas por que o coração não está bom?

Ela cogitava, perdida, despertando novamente em Bird a vontade de sumir de sua vista andando pelo chão feito um caranguejo.

Bird se irritou, adolescente nervoso:

— Ora, os especialistas estão cuidando dele, vamos aguardar. Não adianta conjeturar sobre hipóteses sem fundamento.

Inseguro, voltou um olhar culpado para o leito. A mulher fechara as pálpebras e se mantinha silenciosa. Olhos encovados, narinas salientes, lábios desproporcionalmente alargados. Quando aquele rosto voltaria ao normal? Ela nem se mexia, parecia ter caído no sono. E aí uma torrente de lágrimas fluiu das pálpebras cerradas.

— Ouvi a enfermeira gritar "Oh!" quando a criança nasceu. Por isso, logo vi que uma coisa fora do normal estava acontecendo. Mas depois me pareceu que o médico-chefe estava rindo alegremente, não sei, e aí eu não soube mais dizer o que era sonho e o que era realidade. Quando acordei da anestesia, já haviam levado o bebê de ambulância.

A mulher falava com os olhos ainda fechados.

Maldito médico peludo! A garganta se apertava de raiva. Ele e sua risadinha, tão ruidosa a ponto de chegar aos ouvidos de uma paciente anestesiada! Se é assim que esse sujeito costuma demonstrar seus sobressaltos, pensou Bird, vou esperá-lo no escuro com um cacete e fazê-lo rir muito mais alto! Foi, contudo, uma reação infantil e momentânea. Bird sabia que não poria as mãos em nenhum cacete, nem se postaria em nenhum canto escuro para tocaiar o médico. Não podia deixar de reconhecer que estava sem autocontrole, fundamental quando se quer castigar quem quer que seja.

— Eu trouxe grapefruits — disse, como se estivesse pedindo desculpas.

— Mas por que grapefruits? — perguntou a mulher, agressiva. Bird percebeu imediatamente que cometera um engano.

— Ah, é verdade, você detesta o cheiro de grapefruit! — Bird se odiou. — Por que fui comprar justamente grapefruit!?

— Acho que você nunca se preocupou de verdade nem

comigo nem com o bebê. Você só pensa em si mesmo, não é? Já se esqueceu que brigamos por causa de grapefruit, quando estávamos decidindo a sobremesa da festa do nosso casamento?

Bird balançou a cabeça, desanimado. Para sair da vista da mulher, cada vez mais histérica, foi refugiar-se num canto perto da cabeceira da cama. Procurou a sogra, que ainda tentava dizer-lhe algo por sinais secretos, para pedir-lhe socorro em voz lamuriosa:

— Quando procurava o que comprar numa loja de frutas, achei que o grapefruit tinha algum significado especial para nós. E, sem pensar melhor, acabei comprando. O que faço com isso agora?

Bird havia ido com Himiko à loja. A presença dela podia ter algo a ver com o tal *significado especial*. De agora em diante, pensou, vou sentir cada vez mais a sombra de Himiko nos pequenos detalhes da minha vida.

A mulher continuava reclamando:

— O cheiro de um só grapefruit no quarto já me deixa irritada!

Bird até cogitou se ela já não teria detectado a presença de Himiko.

— Por que não deixa o pacote na enfermaria? — sugeriu a sogra, enviando novos sinais. A luz penetrava através da densa folhagem verde que ocupava toda a janela atrás dela e provocava reflexos esverdeados, que bailavam ao redor dos olhos profundamente encovados da sogra e da coluna de seu nariz. Ela parecia um fantasma radioativo enviando sinais que só nesse momento Bird conseguiu decifrar. Ela queria que ele fosse até a enfermaria e a aguardasse no corredor ao regressar.

— Vou fazer isso. A enfermaria fica no corredor?

— Fica ao lado da sala de espera dos visitantes.

Com o pacote de grapefruit na mão, Bird saiu para o corredor escuro. Enquanto caminhava, começou a sentir o cheiro forte que a fruta já começava a emitir. Tanto que seu peito e seu rosto pareciam cobertos por partículas odoríferas. Certamente não faltará quem diga que o cheiro de grapefruit provoca asma. Todos nós parecemos atores num palco — a mulher, irritada no leito; a sogra, falando por mímica como uma produtora de kabuki com reflexos esverdeados nos olhos encovados; eu próprio, cogitando sobre a relação entre a asma e o grapefruit. É tudo teatro, teatro! Exceto o bebê com a protuberância na cabeça, que recebe água açucarada em vez de leite e se debilita aos poucos. Isso não é teatro. E por que água açucarada e não simplesmente água? Se não lhe dão leite, para que então dar sabor à falsificação? Isso só vai servir para que a operação cheire a escamoteação suspeita. Bird queria cumprimentar as enfermeiras de plantão e entregar-lhes os grapefruits. Contudo, o costume de gaguejar dos tempos de estudante de escola primária havia voltado e, de repente, não conseguiu articular uma só palavra. Confuso, fez uma mesura e voltou cabisbaixo em passos apressados. Às suas costas, ouviu o riso alegre das enfermeiras. É teatro, teatro, todos estão representando, nada parece autêntico. Por que seria? Subiu a escada de três em três degraus, o rosto transtornado e a respiração suspensa. Passou rapidamente defronte ao berçário, para que nem por um descuido desse com os olhos em seu interior.

A sogra estava em frente à copa destinada aos pacientes internados e seus acompanhantes. Ereta, afetando orgulho e com uma chaleira na mão. Aproximou-se dela. Em lugar dos reflexos esverdeados da luz da janela, trazia agora uma expressão vazia ao redor dos olhos e de uma miséria tão tamanha que o deixou chocado. Percebeu então que ela estava extenuada e desesperada a ponto de perder a flexibilidade natural do corpo, por isso dava a impressão de dignidade afetada. Conversaram rapidamente, vigiando a porta do quarto, a cinco metros dali.

Depois de informada que a criança ainda não havia morrido, a sogra o recriminou:

— Não é possível dar logo um jeito nessa situação? Se ela chegar a ver a criança, ficará louca, com certeza.

Intimidado, Bird não respondeu.

— Se ao menos tivéssemos um médico na família, ele poderia nos ajudar nesta hora! — suspirou a sogra, desamparada.

Fazemos todos parte da ralé, da miserável aliança dos egoístas, pensou. Mas respondeu em voz baixa, preocupado com os curiosos de ouvidos colados atrás de cada porta, como cigarras silenciosas.

— Vão reduzir a quantidade de leite ou substituí-lo por água açucarada. O médico diz que haverá resultados em alguns dias.

Isso desfez o ar doentio da sogra. A chaleira em sua mão parecia pesar-lhe como chumbo. Assentindo vagarosamente com a cabeça, disse com voz tênue, como prestes a cair no sono:

— Ah, está bem, está bem. Quando tudo estiver terminado, vamos manter o defeito da criança como um segredo só nosso.

— Sem dúvida — prometeu Bird, sem mencionar que já informara o sogro do ocorrido.

— Caso contrário ela jamais vai querer ter outro filho, Bird!

Ele concordou, mas a aversão à sogra, quase biológica, só crescia. Ela foi para a copa e Bird regressou sozinho ao quarto da mulher. Um plano tão simples como esse não seria facilmente descoberto? Tudo isso é muito teatral, uma peça de teatro em que os personagens só trazem mentiras em suas falas.

À aproximação de Bird, a esposa o recebeu esquecida de toda a histeria provocada pelo grapefruit. Bird sentou-se à beira da cama.

— Você está extremamente abatido, não é? — disse ela, estendendo-lhe a mão num gesto carinhoso e afagando-lhe o rosto.

— Estou.

— Parece um rato miserável — ela atacou de repente, apanhando-o desprevenido —, um rato procurando esconder-se na toca.

— Então, eu me pareço com um rato fujão... — ele retrucou, desgostoso.

— Mamãe está preocupada, pensa que você pode voltar a beber. Do seu jeito, sem limites, dia e noite sem parar.

Voltava à lembrança de Bird a sensação de embriaguez contínua, a cabeça quente e a garganta ressequida, as pontadas no estômago, o corpo pesado, os dedos insensíveis e o cérebro indolente sob os efeitos do álcool. Da vida enfurnada na toca do uísque por várias semanas.

— Se começar a se embebedar de novo, Bird, você vai estar totalmente bêbado quando nosso bebê precisar de sua ajuda.

— Nunca mais vou me embebedar daquele jeito.

Pouco antes fora mordido pelo terrível tigre da ressaca e falhara, mas saíra da situação sem recorrer ao auxílio de mais álcool. Entretanto, o que teria acontecido sem a ajuda de Himiko? Não estaria ele outra vez à deriva, longa e sofrida, iniciando as dezenas de horas de estupor? Era difícil explicar à sogra e à mulher a resistência que adquirira à tentação do uísque sem mencionar Himiko.

— Espero que sim, Bird. Às vezes imagino que você vai se embebedar de novo ou partir voando por aí como um pássaro de verdade, perdido em sonhos malucos, quando eu mais precisar de você.

— Tantos anos de casamento e você ainda está insegura assim em relação ao seu marido? — disse Bird, brincando com brandura, mas a mulher não caiu no doce engodo. Deu-lhe antes um safanão:

— Você sempre sonha com viagens à África e grita em dialeto swahili. Eu nunca lhe disse nada sobre isso, mas a verdade é que você não quer levar uma vida normal comigo e com a criança, não é?

Calado, Bird observava em seu joelho a mão esquerda da mulher, magra e feia. Depois, como uma criança flagrada numa travessura, tentando uma defesa inútil, disse:

— Segundo você, eu gritei em swahili. Mas como foi que eu gritei?

— Nem me lembro. Eu também estava meio adormecida. Além disso, não sei swahili.

— Então como pode dizer que eu gritei nessa língua?

— Aquelas palavras, que mais parecem o grito de um animal selvagem, não podem ser de gente civilizada.

Bird não respondeu, entristecido pela ideia que a mulher tinha sobre o dialeto.

— Quando mamãe me disse que você passou as duas últimas noites no outro hospital, até desconfiei que você estivesse completamente bêbado ou que tivesse fugido para não sei onde.

— Nem tive tempo de pensar nessas coisas.

— Mas veja como ficou vermelho!

— É porque fiquei irritado — respondeu, enérgico. — E por que eu fugiria? A criança acabou de nascer!

— Você se encheu de apreensões, parecia atacado por um bando de formigas quando lhe falei da gravidez. Você queria mesmo a criança?

— Olhe, vamos discutir tudo isso depois que ela se recuperar, certo?

Tentava evitar aquele terreno.

— Isso mesmo, Bird. E a recuperação da criança depende do seu esforço e do hospital que você escolheu. Eu não posso sair desta cama, nem me disseram qual o órgão afetado do bebê. Não me resta outra coisa a não ser confiar em você, Bird.

— Pois faça isso.

— Enquanto eu refletia se podia confiar-lhe o bebê, percebi de repente que conheço você tão pouco. Você é do tipo que se sacrificaria pelo bebê? Do tipo corajoso, que leva a sério as responsabilidades?

Se tivesse tido experiência na guerra, saberia responder se era ou não corajoso, pensara Bird muitas vezes antes de entrar em brigas, antes dos exames vestibulares e mesmo antes do casamento. Nunca obtivera uma resposta, era frustrante. Vivia alimentando o desejo de se testar no ambiente africano, longe dos hábitos convencionais de vida. Havia a possibilidade de encontrar lá a sua guerra particular. Mas sentiu que já sabia ser um covarde indigno de confiança, que não era mais preciso experimentar-se na guerra ou viajar à África.

Irritada com o silêncio, a mulher crispou a mão suja no joelho dele. Bird pensou em pôr a mão sobre o punho fechado da mulher, mas hesitou. O punho parecia arder de tanta agressividade, capaz de produzir queimaduras em quem o tocasse.

— Bird, será que você não é do tipo que abandona os fracos nas horas críticas? Não foi assim que você abandonou seu amigo Kikuhiko?

Ela arregalava os olhos turvos de cansaço para não perder a reação dele.

Ah, Kikuhiko! Um amigo dos tempos de juventude arruaceira que sempre estava a seu lado. Bird fora com ele até a cidade vizinha e lá tiveram uma experiência inusitada. Aceitaram o trabalho de capturar um louco fugido de um hospício e durante a noite percorriam a cidade toda de bicicleta. O amigo, porém, logo enjoou do trabalho, começou a sabotá-lo e chegou até a perder a bicicleta que recebera do hospício. Bird, entretanto, continuou com afinco a busca. A personalidade do louco, sobre a qual ouvira depoimentos da boca dos habitantes da cidade, o atraía. O louco pensava que o mundo era um inferno onde os demônios se disfarçavam de cachorro. Tinha pavor deles. De madrugada, o hospício soltava cães pastores para farejá-lo. Todos diziam que se ele fosse cercado pelos cães poderia morrer de pavor. Por isso Bird o procurava sem descanso até a madrugada. Quando Kikuhiko insistiu em voltar para sua cidade, abandonando a busca, Bird, zangado, expôs o jovem à vergonha. Revelou-lhe que sabia que o amigo era amante de um agente americano da CIA. Kikuhiko se foi no último trem daquele dia. Durante a viagem de volta, viu Bird rodando de bicicleta, ainda empenhado na procura do louco. Projetando o corpo para fora da janela do trem, Kikuhiko gritou, quase chorando:

— Bird, eu só estava com medo!

Mas ele abandonara o pobre Kikuhiko e continuara a busca. Por fim, acabou encontrando o louco, pendurado numa corda em Shiroyama, no centro daquela pequena cidade do interior. Havia se enforcado. A experiência o transformara. Naquela manhã, sentado ao lado do motorista do triciclo que transportava o corpo do demente, Bird despediu-se da vida de moleque. Na primavera do ano seguinte, ingressava numa universidade em Tóquio. Havia guerra na Coreia e Bird estava assustado com o boato de que a polícia recrutava à força, para seus batalhões de reserva, jovens vagabundos que perambulavam pelas cidades do interior, para enviá-los àquele país. O que terá acontecido com Kikuhiko, a quem abandonei naquela noite? Um pequeno fantasma de seu velho amigo surgia da escuridão do passado para dar-lhe um breve alô.

— Mas por que você foi se lembrar de Kikuhiko para me agredir? Eu tinha até me esquecido de que lhe contei essa história.

— É porque se tivéssemos um menino eu queria dar a ele o nome de Kikuhiko.

De todos os nomes, justo esse para pôr numa criança excepcional!

— Não abandone a criança para morrer, Bird, ou eu peço o divórcio!

Palavras, sem dúvida, que ela havia ensaiado estendida na cama, com os joelhos levantados, observando a folhagem verdejante que enchia a janela.

— Divórcio? Nós não vamos nos divorciar.

— Que seja, mas vamos discutir, e por muito tempo, sobre esse assunto.

E por fim, depois de ter sido declarado um covarde indigno de confiança, me resta agora a triste vida de marido incompetente. Naquela UTI neonatal terrivelmente iluminada, o bebê está prestes a morrer de inanição enquanto eu aguardo que isso aconteça sem nada fazer. Mas ela condiciona o futuro do nosso casamento ao fato de eu ser ou não capaz de me responsabilizar pela recuperação do bebê. Partida perdida. Mesmo assim, tinha de ir em frente com a sua parte.

— A criança não vai morrer, não! — disse ele, ruminando desgosto.

Nisso, a sogra voltou com o chá preto que fora preparar. Como queria camuflar a conversa séria que tivera com Bird no corredor e a filha também não queria deixar transparecer para a mãe seus sentimentos prementes, a descontração usual voltava pela primeira vez à conversa à mesa do chá. Bird contou sobre o bebê sem fígado e o pai da criança, procurando mostrar bom humor.

* * *

Por via das dúvidas, antes de aproximar-se do carro vermelho esportivo, Bird voltou-se para as janelas do hospital, atrás da alameda, e certificou-se de que estavam bem escondidas pela folhagem. Himiko, enfiada sob o volante como num saco de dormir, cochilava com a cabeça sobre o banco do carro. Curvando-se, Bird despertou-a com uma sacudidela. Era como se voltasse para sua verdadeira família, escapando do cerco de estranhos. O sentimento provocava um outro, de culpa. Olhou de novo para as árvores cobertas de densa folhagem que se agitava ao vento.

— *Hi*, Bird! — cumprimentou Himiko, imitando uma estudante americana e erguendo o corpo para abrir a porta do lado do passageiro. Bird entrou apressadamente no carro.

— Pode me levar primeiro até meu apartamento? Depois, vamos ao banco e ao hospital onde está o bebê.

Himiko pôs ruidosamente o carro em movimento e acelerou com violência. Bird perdeu o equilíbrio e se agarrou ao assento, enquanto explicava o caminho para o apartamento alugado onde vivia com a mulher. O estilo selvagem de Himiko ao volante provocava-lhe enjoo.

— Você está mesmo acordada? Tem certeza de que não está sonhando que está correndo por alguma estrada?

— Claro que estou acordada! Em sonho, eu estava fazendo sexo com você.

— É só isso que você tem na cabeça?

— Depois de um sexo maravilhoso como o de ontem, sim! Essas coisas não acontecem sempre, e também, mesmo com você, quem sabe quanto tempo vai durar? Gostaria de saber o que fazer para que esse sexo extraordinário continue por muitos dias. Em breve estaremos bocejando nus um diante do outro.

— Mas se nós ainda mal começamos! — ia retrucar Bird, mas o MG dirigido agressivamente por Himiko já levantava a areia do espaço aberto na cerca viva, aninhando-se no fundo do pátio interno do prédio onde vivia Bird.

— Desço em cinco minutos. Desta vez, procure não dormir. Mesmo porque o tempo é pouco para sonhar com sexo, não é?

Bird foi até o quarto e juntou algumas poucas coisas para passar alguns dias com Himiko. Guardou tudo numa maleta, de costas para o berço do bebê; ele lhe dava a impressão de um pequeno ataúde branco. Por último, pegou um romance de um autor africano, escrito em inglês. Despregou o mapa da África da parede, dobrou-o cuidadosamente e guardou-o no bolso do paletó.

A caminho do banco, Himiko, atenta, notou o mapa em seu bolso.

— É um mapa rodoviário? — perguntou.

— É, sim. Um mapa de uso prático.

— Então, enquanto você estiver no banco, procuro o melhor caminho para o hospital.

— Impossível. É um mapa da África. Nunca tive nenhum outro mapa que não fosse da África.

— Espero que um dia possa ser útil — disse Himiko, irônica.

Na praça defronte ao hospital universitário, Bird deixou-a novamente adormecida, enfiada sob o volante, e foi tratar da internação do bebê. A criança não tinha ainda um nome, e isso gerou certa confusão. Bird discutiu com a funcionária da recepção e por fim disse, irritado:

— Meu bebê está morrendo. Quem sabe até já esteja morto agora. Por que eu deveria dar um nome a ele?

Miseravelmente confusa, a funcionária cedeu. Então, sem nenhum outro motivo, Bird achou que a criança já havia morrido de inanição. Chegou até a perguntar à funcionária sobre os trâmites para a realização da autópsia e da cremação.

Entretanto, o médico da UTI neonatal jogou-lhe um balde de água fria:

— Por que você está tão impaciente pela morte de seu filho? O custo da internação neste hospital é irrisório. E depois você tem o seguro-saúde, não tem? De todo modo, embora enfraquecido, seu filho está bem vivo. Calma, comporte-se como um pai, está bem?

Bird arrancou uma página de sua caderneta, anotou nela o número do telefone da casa de Himiko e pediu que o avisassem naquele número caso houvesse alguma mudança significativa no estado da criança. Sentiu que todos naquela unidade, inclusive as enfermeiras, naquele momento o tinham por um indivíduo detestável. Assim, desistiu de ver o filho na incubadora e regressou diretamente para o carro esportivo no estacionamento. Embora só tivesse caminhado à sombra, no interior do hospital, estava tão coberto de suor quanto Himiko, que dormia no carro. Deixando um rastro malcheiroso de suor animalesco e de gás do escapamento do carro, foram esperar pelo telefonema que anunciava a morte do bebê despidos na cama, naquela tarde quente.

Passaram a tarde toda atentos ao telefone. Nem mesmo para as compras do jantar Bird saiu, com receio de que o telefone tocasse em sua ausência. Após a refeição, ficaram ouvindo pelo rádio um famoso pianista soviético, mantendo contudo os ouvidos atentos para o toque do telefone. Chegaram até a abaixar um pouco o volume do rádio. Mesmo durante o sono, Bird foi despertado várias vezes pelo toque ilusório do telefone em sonho, e saiu da cama para averiguar. Às vezes o sonho ia além, com o médico vindo avisá-lo pessoalmente da morte do filho porque Bird deixara o telefone fora do gancho. Numa das vezes em que despertou, Bird se deu conta claramente do estado de incerteza em que se encontrava. Um condenado à morte cuja pena fora suspensa. Mas já não estava só e desamparado. Tinha Himiko. A presença dela lhe dava força, uma força intensa e profunda, jamais imaginada. Nunca se sentira tão dependente de alguém em toda a sua vida adulta.

# 9.

Na manhã seguinte, Bird pediu emprestado o carro a Himiko para ir até o cursinho. O MG vermelho no pátio cheio de estudantes chamava a atenção — sugeria escândalo. Bird só se deu conta disso ao retirar a chave da ignição para guardá-la no bolso. O problema do bebê criara falhas em sua consciência. Impassível, atravessou a muralha de estudantes que cercavam o carro. Na sala dos professores, encontrou o chefe do Departamento de Línguas Estrangeiras, homem de baixa estatura com sua vistosa jaqueta curta que lhe dava a aparência de um nissei. Soube por ele que o diretor o procurava. O recado, entretanto, caiu numa dessas falhas de consciência e não o perturbou.

— *You*, Bird, não sei se você é corajoso ou cara de pau, mas seja como for é um sujeito decidido, hein? — disse o chefe do departamento, meio brincalhão, mas observando-o com olhar penetrante.

Naturalmente Bird teve momentos de temor ao entrar na ampla sala de aula onde os estudantes o aguardavam. Os alunos daquele dia eram de outra turma. Procurou encorajar-se: no cursinho, turmas diferentes não se relacionam. Assim, provavelmente bem poucos estudantes sabiam do desonroso acontecimento que protagonizara. Contudo, durante a aula, distinguiu alguns alunos que com certeza haviam tomado conhecimento do incidente. Mas eram estudantes oriundos de escolas da capital, dotados da leviandade urbana que os levava a encarar o deslize de Bird como uma comédia que tinha também seu lado heroico. Quando os olhares se encontravam, eles lhe enviavam um sorriso maroto e simpático que Bird fez questão de ignorar.

Terminada a aula, Bird saiu da sala. Um rapaz o aguardava no início da escada. Na véspera, o jovem tomara suas dores e o defendera diante dos estudantes revoltados. Hoje, se dera ao trabalho de matar a aula de outra matéria para esperá-lo, debaixo do sol escaldante. Tinha gotas de suor sob as narinas e a calça azul suja de barro seco, pois estivera sentado no degrau da escada.

— Olá!

— Olá! — devolveu Bird.

— O diretor já o chamou? Aquele idiota acabou mesmo levando a acusação em frente. Tirou até uma fotografia do vômito como prova! — disse, sorrindo meio acanhado, mostrando dentes grandes e bem cuidados.

Bird também sorriu. Então o sujeito sempre carregava uma câmera, pronto para pegá-lo num deslize e denunciá-lo?

— Ele o denunciou alegando que o professor veio dar aula de ressaca. Mas um grupo de cinco ou seis de nós está disposto a testemunhar que aquilo não foi ressaca, mas indigestão. Eu queria combinar isso com você — disse o rapaz com ar sério e astuto.

— Vocês estão enganados, aquilo foi mesmo ressaca, como denunciou aquele defensor da justiça — respondeu Bird, desviando-se do estudante para descer a escada.

O rapaz o seguiu, decidido a convencê-lo.

— Mas, professor, se o senhor confessar isso, será despedido. O diretor é dirigente regional da sociedade dos abstêmios deste bairro.

— Você está brincando comigo!

— Por que não deixa passar como indigestão? É um mal-estar típico desta estação, diga que o salário aqui é tão baixo que acabou comendo comida passada.

— Não quero enganar ninguém a respeito da ressaca. Nem quero que prestem falso testemunho.

— Humm... — fez o rapaz, impertinente. — Por acaso quer deixar esta escola e ir para um outro lugar, professor?

Bird resolveu ignorá-lo. Não queria agora envolver-se em novas maquinações, sentia-se profundamente acanhado. Tinha a ver com suas falhas de consciência.

— Talvez o senhor não precise do trabalho aqui como professor de cursinho... Eu vi seu carro vermelho esportivo. O diretor vai ficar embaraçado em despedir um professor que vem à aula dirigindo um MG!

O rapaz ria alegremente. Bird deixou-o e entrou na sala dos professores. Ao guardar a caixa de giz e o livro de textos no armário, deparou com uma carta endereçada a ele. Era do amigo que cuidava do Círculo de Estudos da Língua Eslava. Com certeza haviam chegado a uma decisão sobre Deltcheff na reunião extraordinária do Círculo. Bird abriu o envelope. Recordou-se, porém, de uma superstição tola sobre probabilidades dos tempos de estudante: quando dois eventos de natureza desconhecida ocorrem simultaneamente, se um deles tiver a probabilidade de ser ruim, o outro deverá ser bom. Guardou a carta no bolso e dirigiu-se à sala do diretor. Se a conversa fosse péssima, teria uma boa razão para esperar o melhor da carta. Assim que o diretor ergueu o rosto da mesa,

Bird logo pressentiu que a reunião iria acabar mal e, pelo menos ali, se dispôs a manter um clima agradável, o que mais poderia fazer?

— Mas que problema, Bird! Estou realmente aborrecido! — disse o diretor, austero, com aparência de quem tem os pés firmemente plantados no chão, um desses dirigentes durões de romance empresarial. Ativo e realizador, na faixa dos trinta anos, ele havia transformado uma simples escola de aulas particulares num imenso cursinho multidisciplinar, e alimentava planos de transformá-lo em faculdade. Tinha cabelos raspados na cabeçorra disforme e usava óculos de fabricação especial, com hastes retas e grossas, onde dois aros em forma de gota se penduravam, realçando-lhe as feições do rosto. Mas havia nos olhos, por trás do blefe dos óculos, um certo ar de culpa, que despertava leve simpatia.

— Eu sei, assumo toda a responsabilidade.

— O aluno que o denunciou é um colaborador contumaz da revista do vestibular. Um sujeito desagradável, capaz de nos incomodar com seu barulho.

— Sim, sim — respondeu Bird, e para diminuir o embaraço do diretor antecipou:

— Desisto do curso especial de férias no verão e também das aulas a partir do outono.

O diretor suspirou ruidosamente e fez uma expressão de quem estava revoltado e entristecido.

— Não gostaria que o professor, seu sogro, me levasse a mal.

Bird entendeu que o diretor estava lhe pedindo que o defendesse perante o sogro.

Concordou com a cabeça. Sentiu, contudo, que devia deixar a sala o quanto antes, pois do contrário começaria a se irritar.

— E, além disso, estão dizendo que existe um grupo de alunos ameaçando o denunciante. Ele diz que você os está instigando. Certamente, nada disso ocorreu.

O sorriso de Bird desapareceu. Negou com a cabeça.

— Bem, já vou indo.

— Obrigado por tudo, Bird!

Os olhos arregalados pelas grossas lentes dos óculos revelavam pesar. A voz soava sincera.

— Gosto do seu jeito. Realmente, sinto muito. Foi mesmo ressaca?

— Foi, sim — respondeu e deixou a sala.

Ao se encaminhar para o pátio, Bird preferiu passar pela administração a passar pela sala dos professores. Só então veio a melancolia. Fora aviltado injustamente. Um velho servente já sabia do que se passava.

— Vai nos deixar, professor? Mas que pena!

Bird era benquisto ali.

— Ainda vou lhe dar trabalho até o fim deste período. — Estava abatido e humilde, não merecia a apreensão que o velho estampava na face enrugada.

Encostado na porta do carro esportivo, o estudante que o apoiara aguardava por ele em meio ao calor, ao sol, compenetrado e carrancudo. O rapaz levantou-se de um salto ao vê-lo surgir de repente pela porta da administração. Bird ocupou o assento do MG.

— E então, como foi? Disse a ele que foi uma indigestão, professor?

— Foi ressaca — disse Bird.

— Ótimo! — respondeu o aluno em tom brincalhão, mas visivelmente amargurado. — O senhor vai ser despedido!

Bird introduziu a chave na ignição e deu a partida no motor. Parecia ter metido as pernas numa sauna, pois elas logo ficaram molhadas de suor. O volante estava quente e, ao tocá-lo, suas mãos se afastaram rápido.

— Droga! — praguejou.

O rapaz riu, divertido.

— O que fará se for despedido, professor?

Havia as despesas hospitalares, da mulher e da criança, pensou. Mas a cabeça exposta ao sol escaldante não conseguia produzir nenhum plano consistente. Apenas suor em abundância. Novamente se sentiu retraído, com uma vaga sensação de insegurança.

— Que tal trabalhar como guia turístico? Enxugar uns dólares de turistas estrangeiros em vez desses míseros ienes dos vestibulandos é uma boa ideia — disse o estudante, rindo alegremente outra vez.

— Você conhece alguma agência recrutadora de guias? — Bird mostrou-se interessado.

— Vou procurar. E como devo avisá-lo?

— Na aula da próxima semana.

— Deixe comigo! — o rapaz mostrava-se entusiasmado.

Com cuidado, Bird conduziu o carro até a avenida. Queria ter se livrado do rapaz logo para poder ler a carta. Mas enquanto acelerava o carro percebeu que estava grato ao estudante, um moleque ainda. Bird, demitido do cursinho, dirigindo um carro vermelho esporte sujo e velho. Não fosse o espírito brincalhão do rapaz ter contagiado Bird, ele estaria se sentindo mais acabado e miserável. Ser socorrido por jovens da idade de um irmão menor sem dúvida era seu destino.

Lembrou-se de que precisava levar o carro a um posto de gasolina, entrou em um e, após um momento de hesitação, pediu gasolina de alta octanagem. Depois foi ler a carta, da qual, com toda a certeza, só poderia esperar boas notícias, segundo a lei das probabilidades de seu tempo de estudante.

Deltcheff não só não respondera aos apelos do consulado como ainda continuava vivendo com a garota mal-afamada de Shinjuku. Não que estivesse descontente com a política de seu país, ou metido em espionagem, ou que pretendesse pedir asilo político. Apenas não conseguia largar a garota japonesa, só isso. Obviamente, o que mais preocupava o consulado era a possibilidade de o incidente ser usado politicamente. Se algum país do Ocidente tirasse proveito da situação para lançar uma campanha sobre a vida reclusa de Deltcheff, poderia haver sérias repercussões. Assim, o consulado queria recolher Deltcheff o quanto antes das dependências onde se encontrava e enviá-lo de volta à pátria. Entretanto, pedir auxílio à polícia japonesa seria trazer o incidente à tona. Se o consulado, por seus próprios recursos, o trouxesse de volta à força, Deltcheff, ex-combatente da Resistência durante a guerra, não iria com certeza entregar-se sem um duro enfrentamento, e o caso acabaria também na polícia. Preocupado, o consulado recorria ao grupo de amigos japoneses de Deltcheff, do Círculo de Estudos da Língua Eslava, para que o convencessem.

O amigo escrevia a Bird para participar-lhe que haveria uma nova reunião extraordinária sobre Deltcheff, programada para as treze horas de sábado, no restaurante em frente à faculdade onde Bird se graduara. Pedia encarecidamente a presença dele, o melhor amigo de Deltcheff. Sábado, depois de amanhã. Irei, resolveu Bird. Voltou a guardar a carta no bolso e pagou a gasolina ao frentista. O odor penetrante do combustível rodeava o rapaz como uma névoa. Parecia uma abelha cheirando a mel. Caso o aviso da morte do bebê não viesse por telefone nem no dia seguinte nem depois, sem falar naquele mesmo dia, preencher as horas inúteis e cheias de apreensão com uma ocorrência nova e estranha como a de Deltcheff era bem-vindo. Não restava dúvida, a carta era boa. Saiu do posto com um ruído ensurdecedor do escapamento.

* * *

No mercado, comprou conservas de salmão e cerveja. Chegando à casa de Himiko, parou o carro e, quando tentou entrar carregando as compras, encontrou a porta trancada. Teria saído? O telefone podia estar tocando com insistência, sem ninguém para atender. Chegava mesmo a vê-lo em imagem. Enfurecido, encostou o embrulho na porta e se dirigiu à lateral da casa. Chamou por Himiko embaixo da janela do quarto e a viu espiar pela fresta da cortina. Voltou à porta da frente suando e bufando.

— Ligaram do hospital? — perguntou, ainda tenso.

— Não, Bird.

Correra à toa, circulara com o carro por uma vasta área sob o sol tórrido do verão de Tóquio. Esforço sem sentido, o cansaço o atacava como um caranguejo inoportuno. Como se só o anúncio da morte do bebê, tivesse ele vindo, pudesse ter dado sentido a tudo o que Bird fizera naquele dia.

— Por que você tranca a porta durante o dia? — resmungou, mal-humorado.

— Tenho medo. Acho que uma coisa ruim pode estar à minha espera por aí.

— Uma coisa ruim atrás de você? — perguntou Bird, desconfiado. — Você, ameaçada por algum tipo de infelicidade? Ah, não é provável.

— Não faz tanto tempo assim que meu marido se suicidou, Bird. Está querendo me dizer que o único ameaçado pelo demônio da infelicidade por aqui é você? Muita presunção sua!

Foi um potente direto. Mas Himiko deixou de assentar-lhe um segundo golpe: deu-lhe as costas e voltou para o quarto. Bird livrou-se do nocaute. Com os olhos fixos nos ombros nus de Himiko, redondos e lustrosos, Bird atravessou a sala de estar sombria. O ar ali estava denso e tépido — um ventre de gato. Ia entrando no quarto quando estacou, embaraçado. No meio da névoa de fumaça de cigarro havia outra mulher, corpulenta e já não tão jovem como Himiko, sentada na cama de ombros e braços nus.

— Há quanto tempo, Bird! — disse a mulher, com voz rouca e absolutamente calma.

— Olá! — respondeu ele, sem conseguir disfarçar o embaraço.

— Não quis esperar sozinha pelo telefonema do hospital, por isso pedi a ela que viesse me fazer companhia, Bird.

— Você não vai trabalhar hoje na rádio? — perguntou Bird.

A mulher também estudara com Bird na faculdade. Depois de se formar, ficara uns dois anos sem fazer nada. Como a maioria das estudantes daquela faculdade, rejeitara todos os empregos que lhe tinham sido oferecidos por julgá-los inadequados a seu extraordinário talento e, após dois anos inativa, acabara como produtora de uma emissora de rádio de terceira categoria, de cobertura apenas regional.

— Meu programa vai ao ar só à meia-noite, Bird. Nunca ouviu os sussurros desagradáveis de uma corja que mais parece praticar suruba com a garganta? — perguntou, com uma impostação grave de voz.

Recordou-se então dos escândalos que haviam cercado a infeliz emissora que tivera a coragem de contratá-la. Voltando ainda mais nas recordações, veio-lhe claramente à memória a aversão que sentia por ela quando estudavam na mesma classe. Além de corpulenta, era gorda, e seus olhos e seu nariz lembravam os de um texugo. Bird deixou o embrulho com as conservas e as cervejas sobre a televisão e, tomando cuidado para não ofendê-las, disse às nicotinômanas:

— Vamos tentar dar um jeito nessa fumaça toda?

Himiko levantou-se para ir abrir a janela da cozinha, mas a amiga acendeu outro cigarro com os dedos deselegantes de unhas prateadas, sem a menor consideração pelos olhos de Bird, que ardiam por causa da fumaça. À luz da chama alaranjada do isqueiro Dunhill prateado, Bird viu o rosto dela, parcialmente escondido pela franja do cabelo. Havia rugas profundas na testa, larga demais para uma mulher. As pálpebras superiores, com traços negros de delineador, estavam trêmulas. Ela reprimia algum ressentimento. Bird precisava precaver-se.

— Vocês duas não se incomodam com o calor?

— Ao contrário, o calor me incomoda, e muito — lastimou a amiga de Himiko. — Mas também me perturba se o ar se agita demais, quando converso com uma amiga íntima.

Himiko, ativa, guardava as latas de cerveja entre os recipientes de gelo do congelador e examinava as latas de conserva. A produtora do programa noturno de rádio a observava com olhar reprovador. Essa mulher vai espalhar a notícia do meu caso com Himiko, pensou Bird, e com muita rapidez. Provavelmente a transmitirá em seu programa noturno de rádio. Himiko havia pregado com tachas, na parede do quarto, o mapa da África trazido por Bird. O livro do escritor africano, que também fazia parte de sua bagagem, jazia sobre o assoalho como um rato morto. Certamente Himiko estava lendo o livro, deitada na cama, quando a amiga chegou, e o largara no chão para atendê-la. Meu tesouro africano maltratado dessa forma — um mau agouro, pensou Bird, irritado. Assim, nunca poderei ver o céu da África. Em vez de juntar economias para a viagem, preciso lutar para ganhar o pão de cada dia. Até o emprego perdi.

— Fui despedido. Depois do curso especial de verão, não vou mais poder trabalhar — disse para Himiko.

— Mas por quê, Bird?

Não lhe restava alternativa senão relatar todo o incidente da ressaca e do vômito, e a denúncia do fanático por justiça. A conversa ameaçava tornar-se desagradavelmente lamuriosa, e Bird apressou-se em encerrá-la.

— Você podia ter se defendido diante do diretor! Se havia estudantes prontos a mentir por você, testemunhando ter sido uma indigestão, não haveria mal algum em lhes pedir apoio! Por que concordou tão facilmente em ser demitido? — perguntou Himiko, nervosa.

É verdade, por que aceitei tão prontamente a demissão? De repente, a cadeira de professor de cursinho que acabara de perder lhe parecia preciosa. Não é um emprego para ser jogado fora, como numa brincadeira. E que explicação dar a meu sogro? Que me embriaguei no dia em que tive a criança excepcional? Que no dia seguinte, de ressaca, cometi uma falta grave a ponto de ser despedido? Onde arrumar coragem para confessar isso ao catedrático? E, ainda por cima, o uísque fora aquele Johnny Walker presenteado por ele...

— Eu sentia que nenhuma outra palavra que eu dissesse poderia me dar direito a mais nada neste mundo. E também, queria encerrar o mais depressa possível a reunião com o diretor. Por isso admiti tudo, mesmo não querendo.

— Bird, você se acha destituído de qualquer direito neste mundo simplesmente porque está aguardando a morte da criança por inanição. Não é isso que está querendo nos dizer? — sugeriu a produtora, intrometendo-se na conversa.

Então Himiko contara à amiga tudo o que se passava com ele!

— É o que parece — disse Bird, irritado com a leviandade de Himiko e com a intromissão da produtora. Já se imaginava o personagem central de um escândalo amplamente divulgado.

— São pessoas assim, que se acham desprovidas de qualquer direito, que acabam se suicidando. Não vá se suicidar, hein, Bird? — disse Himiko.

— Suicidar-me? Essa, agora! — respondeu, intimamente ressabiado.

— Meu marido começou a se sentir assim e logo depois se matou. Se até você me fizer isso neste quarto, vou me sentir a própria bruxa!

— Nunca pensei em suicídio — afirmou, convicto.

— Seu pai se suicidou, não foi?

— Como você soube disso? — perguntou, surpreso.

— Quando meu marido se matou, você me contou, para me consolar. Queria me convencer de que suicídios são corriqueiros.

— Eu devia estar muito transtornado também — disse, desolado.

— Você até me falou que seu pai batera em você antes de se suicidar.

— Como é isso? — perguntou a produtora, tomada de curiosidade.

Mas Bird estava carrancudo, por isso Himiko passou adiante o que ouvira dele. Aos seis anos de idade, Bird perguntara: "Pai, onde eu estava cem anos antes de nascer? E cem anos depois de morrer, onde eu vou estar? O que vai acontecer comigo se eu morrer?".

Sem responder, o pai, ainda jovem, dera-lhe um bofetão que abrira seu lábio e o fizera sangrar. Depois disso, porém, Bird perdera o medo da morte. Três meses depois, contudo, seu pai se suicidava com um tiro na cabeça, disparado de uma pistola utilizada pelos alemães na Primeira Guerra Mundial.

— Se meu bebê morrer de inanição, pelo menos estarei livre de uma preocupação — disse Bird, recordando-se do pai.

— Porque se ele me fizesse a mesma pergunta aos seis anos, eu não saberia como proceder. Nem em sonho seria capaz de esbofetear meu filho, e com tanta força que o levasse a esquecer o medo da morte.

— Seja como for, não vá suicidar-se, hein, Bird.

— Que insistência! — disse Bird a Himiko, desviando os olhos dela. Na obscuridade do quarto, ela o observava com olhos inchados e injetados, quem sabe preocupada por ter notado nele indícios de insanidade.

Himiko emudeceu, e prontamente, como se estivesse aguardando a deixa, a amiga falou:

— Bird, você não acha horrível ficar assim esperando que seu bebê morra, que ele vá se enfraquecendo com água açucarada num hospital distante? É uma situação cheia de hipocrisia, incerteza, aflição! Isso o deixa abatido, não é? E não apenas a você... até a Himiko está emagrecendo!

— Mas também não posso receber a criança e depois matá-la com as próprias mãos! — protestou Bird.

— Seria até melhor assim. Pelo menos ficaria claro que você sujou suas mãos, acabando de vez com essa hipocrisia. Bird, você é um perfeito mau-caráter, isso é ponto pacífico. E acabou assim porque quis proteger sua doce vida conjugal da criança excepcional. Mas há uma lógica egoísta nisso. Veja, agora você transfere o ônus do sangue para terceiros, para pessoas lá do hospital, e quer passar por homem piedoso, vítima de uma súbita desgraça. Isso não é bom para a saúde espiritual. Você sabe muito bem que está sendo hipócrita, Bird!

— Hipócrita? Hipócrita eu seria se estivesse tentando enganar a mim mesmo de que não estou sujando nem um pouquinho minhas mãos enquanto aguardo com impaciência e à distância a morte do bebê. Então, sim, eu seria um hipócrita. Mas sei muito bem que sou responsável por essa morte.

— Verdade, Bird? — disse a produtora, incrédula. — Acho que uma série de problemas, internos e externos, vai assaltar sua cabeça quando o bebê morrer. É a recompensa que você vai receber pela hipocrisia. E Himiko deverá vigiá-lo muito bem, para que não se mate. Mas então você já terá regressado para junto da senhora Bird, também deprimida.

— Ela me disse que vai considerar a possibilidade de divórcio, caso eu abandone a criança e ela morra — disse Bird com amargura.

— Quem se deixou contaminar pelo veneno da hipocrisia não consegue facilmente reencontrar o caminho de volta, Bird — disse Himiko. E prosseguiu, com a pior das profecias: — Em lugar de divorciar-se, você tentará de todas as maneiras justificar-se, sofismar e restaurar a vida conjugal. Duvido que seja capaz de tomar a decisão do divórcio, pois já estará contaminado pelo veneno. Entretanto, terá perdido a confiança da senhora Bird e você mesmo passará a perceber a sombra da hipocrisia em sua vida, que acabará por desmoronar por completo. Isso até já começou, não é?

— Um beco sem saída. Você está me descrevendo um futuro bem negro, não? — Bird tentava não levá-la muito a sério, mas sua ex-colega gorda e corpulenta, maldosamente, ignorou a manobra:

— Mas você já está num verdadeiro beco sem saída, Bird!

— Veja, se minha mulher teve um bebê excepcional, foi um mero acidente, não é responsabilidade nossa. Não sou um crápula consumado, disposto a estrangular a criança sem dó, nem a bondade em pessoa, capaz de mobilizar todo um corpo médico e tomar todas as providências possíveis para salvar a criança, por mais desesperada que seja sua condição. Assim, não me resta senão deixá-la no hospital universitário, para que morra naturalmente por inanição. E se por causa disso eu for atacado pelo mal da hipocrisia e acabar como um rato na sarjeta, fugindo para um beco sem saída depois de comer raticida, o que posso fazer?

— Aí é que você se engana, Bird. Você devia ter escolhido entre ser um crápula consumado ou a bondade em pessoa!

No ar agridoce do quarto, percebia-se agora um novo odor, de álcool. Apesar da obscuridade, Bird notou a vermelhidão do rosto largo da amiga e viu que ele era percorrido em toda a sua extensão por tiques nervosos, como se ela estivesse sofrendo de nevralgia.

— Ah, você está embriagada, não está? Estou notando.

— Nem por isso você pode escapar ileso de tudo o que lhe falei — concluiu ela, vitoriosa.

Depois, espalhando sem cerimônia seu hálito alcoólico, completou:

— Além do mais, Bird, acho que você ainda não se deu conta do problema dos resíduos dessa hipocrisia após a morte do bebê. Suponho que sua maior preocupação agora seja a possiblidade de a criança não morrer, de crescer vigorosa.

Bird sentiu um nó no coração. Encharcado por uma nova onda de transpiração, um cão batido, permaneceu calado por longo tempo. Depois levantou-se, quieto, e foi até a geladeira buscar cerveja. Só a parte da lata em contato com a bandeja de gelo estava fria; o resto, morno. Perdeu imediatamente a vontade de tomá-la. Mesmo assim, voltou ao quarto com três copos. A produtora tinha acendido a lâmpada da sala de estar, arrumava o penteado e a maquiagem e se vestia. De costas para a sala, Bird encheu o próprio copo e o de Himiko. A cor alaranjada da cerveja lhe pareceu suja. Himiko chamou a amiga na sala de estar.

— Não quero, obrigada. Já tenho que ir para o estúdio. — A resposta veio seca.

— Ainda é cedo — disse Himiko, feminina, coquete ao exagero.

— Você não precisa mais de mim, pois Bird já voltou — disse a amiga, sugestiva. Depois, para Bird, disse: — Sou a deusa protetora das meninas da nossa turma de faculdade, Bird. Nenhuma ainda se firmou na vida, e por isso elas precisam de mim. Sempre que alguma delas se vê em apuros, vou ajudar. Olhe, não vá envolver muito a Himiko no problema de vocês, está bem? Embora eu, pessoalmente, sinta pena de você...

Quando Himiko saiu para levar a amiga até onde ela pudesse pegar um táxi, Bird escorreu a cerveja morna pelo ralo da pia e tomou um banho frio. O jato de água gelada o fez estremecer e lembrar-se de uma excursão da escola, quando estudante do curso primário. Nessa excursão, perdera-se da turma e fora surpreendido pela chuva. Recordava a solidão e o sentimento de impotência que sentira naquelas horas. Perfeito filhote de caranguejo de couraça mole, sujeito ao ataque de qualquer predador insignificante. A pior de todas as condições. A briga contra o bando de adolescentes arruaceiros que tivera quando o bebê estava para nascer, em que fora capaz de opor uma resistência apreciável, parecia-lhe agora apavorante, um feito miraculoso e impossível. Terminado o banho, Bird estendeu-se despido na cama, estimulando a libido. O cheiro da visitante já desaparecera e o antigo odor de coisas velhas voltava a encher toda a casa. Este é o ninho de Himiko. Ela é como um animalzinho tímido, que não se sente tranquilo enquanto não esfregar o odor do corpo em tudo em volta para assegurar-se de seus domínios. Já se acostumara tanto àquele cheiro que às vezes até lhe parecia o de seu próprio corpo. Himiko custava a voltar. A pele, limpa havia poucos instantes do suor, começava a molhar-se outra vez. Levantou-se preguiçosamente e foi experimentar uma nova cerveja, um pouco mais gelada.

Depois de uma hora, Himiko voltou e desculpou-se com um Bird mal-humorado:

— Ela está com ciúmes.

— Ciúmes?

— Ela é nossa companheira mais infeliz. Por isso, uma ou outra de suas amigas costuma ir para a cama com ela, para consolá-la, mas isso a faz pensar que é nossa deusa protetora.

Desde que abandonara a criança no hospital, Bird havia perdido a noção de moralidade. As relações entre Himiko e a amiga já não o chocavam.

— Mesmo que as palavras dela tenham sido fruto do ciúme — disse Bird —, nem por isso escapei ileso delas.

# 10.

De bruços sobre a cama como um jacaré de pelúcia, Bird assistia com Himiko ao último noticiário da noite pela televisão. Ela estava sentada no chão, abraçando os joelhos. O calor já se fora, mas os dois estavam praticamente nus, vivendo na idade das cavernas e gozando o frescor da noite. Preocupados com o toque do telefone, haviam reduzido ao mínimo o volume da televisão. No quarto, a voz do locutor soava débil, um pequeno zumbido. Bird, porém, não a ouvia como voz humana provida de significado e sentimentos, nem distinguia o brilho e as imagens sobrepostos na tela da televisão como formas inteligíveis. Também não se dispunha a projetar na tela de sua consciência nenhuma imagem definida, selecionada do mundo exterior. Transformado em aparelho de comunicação dotado apenas de receptor, ele tão somente esperava o chamado que viria de longe. Ou que não viria. Não viera até o momento, deixando-o num estado de torpor. De repente, Himiko deixou cair no chão o livro do escritor africano pousado sobre seus joelhos — *My Life in the Bush of Ghosts*, de Amos Tutuola— e, inclinando o corpo, estendeu a mão para aumentar o volume da televisão. Ainda assim, Bird nada captou daquilo que lhe chegava aos olhos e ouvidos. Esperava, o olhar vago e distante posto sobre a tela. Pouco mais tarde, Himiko se apoiou no assoalho com uma das mãos e o joelho para desligar a televisão. A luz prateada e brilhante da tela fugiu rapidamente, fez-se um ponto luminoso e se apagou — uma visão impressionista da morte. Bird deixou escapar um grito abafado. Tivera uma aguda sensação de que o bebê morrera naquele instante. Desde a manhã até aquela hora avançada da noite não fizera outra coisa senão esperar por aquela notícia. Suas refeições não haviam passado de pão, presunto e cerveja. Nada fizera além de sexo, uma e outra vez, com Himiko (não havia lido seu livro nem examinado o mapa da África. O interesse pelo continente agora havia passado para Himiko, absorta na leitura do livro e do mapa). Bird pensava apenas na morte do bebê, indício claro de um crônico retraimento.

Com os joelhos ainda apoiados no chão, Himiko dizia algo, os olhos brilhantes de excitação. Bird não compreendeu bem e franziu as sobrancelhas.

— Hein?

— Talvez estejamos à beira de uma guerra nuclear que ponha fim a este mundo, não acha?

— E por quê? — perguntou, assustado. — De vez em quando você diz coisas tão desconexas...

— Coisas desconexas? — espantou-se Himiko. — Mas você também ficou chocado com a notícia.

— Que notícia? Eu não estava prestando atenção na televisão. Fiquei chocado por outra coisa.

Himiko olhou-o com desgosto, mas logo percebeu que Bird não procurava desconversar nem se fingir de alienado, e o aborrecimento se desfez.

— Acorde, Bird!

— Que notícia?

— Kruschev reiniciou os testes nucleares. E com uma bomba incomparavelmente mais poderosa que a de hidrogênio!

— Ah, é isso!

— Não parece impressionado.

— Talvez um pouco.

— Que coisa estranha.

Só então Bird se deu conta de que os testes nucleares soviéticos não lhe haviam causado nenhum sentimento especial. De fato, era estranho, como dissera Himiko. Possivelmente, nem o reinício dos testes nucleares, nem mesmo a notícia da eclosão de uma guerra mundial o abalariam neste momento...

— Curioso, realmente não senti nada — disse ele.

— Você se desinteressou dos assuntos políticos nestes últimos dias?

Bird pensou um pouco antes de responder.

— Hoje já não sou tão sensível à situação internacional ou a políticas governamentais como era nos tempos de estudante, quando participava de manifestações com você e seu marido. Mas me mantive interessado na questão nuclear. Tanto que a única ação política do Círculo de Estudos da Língua Eslava, que fundei com amigos, era participar do apelo em prol da interdição das armas nucleares. Portanto, era natural que eu ficasse chocado com o reinício dos testes nucleares de Kruschev. Mas não senti nada, embora estivesse o tempo todo olhando para a televisão.

— Bird... — gaguejou Himiko.

— Acho que minha sensibilidade está toda voltada para o problema do bebê e não reage a mais nada — disse Bird, atônito e preocupado.

— É isso mesmo, Bird. Hoje o dia todo, por quinze horas, você só falou do bebê, se ele já teria morrido de inanição ou não.

— Não resta dúvida. Minha cabeça está dominada pelo espectro do bebê. A imagem dele ocupa toda a minha consciência, me submerge...

— Não é normal, Bird. Se o bebê não morrer logo e a situação perdurar por mais cem dias, você vai ficar louco!

Bird fitou-a com severidade, como se fosse repreendê-la. Talvez receasse que as palavras dela chegassem até o bebê, sustentado apenas a água açucarada e um pouco de leite, e provocassem nele o efeito do espinafre em Popeye, revigorando-o. Cem dias! Duas mil e quatrocentas horas!

— Se você se sente assim tão dominado pelo espectro do bebê, será que conseguirá algum dia livrar-se dele, mesmo que o bebê morra? Não acha que essa sua cabeça é que está lhe fazendo mal? — perguntou Himiko, e acrescentou, parafraseando uma fala de Macbeth: — *Não comece a pensar dessa forma, Bird, pois acabará enlouquecendo.*

— Mas não consigo deixar de pensar no bebê, e pode ser que isso continue mesmo após a morte dele. O que é que eu vou fazer? Quem sabe o pior não esteja por vir, depois da morte dele?

— Você ainda pode ligar para o hospital e pedir que alimentem o bebê direito, com leite consistente.

— Isso não! — atalhou, desesperado. Sua voz soou como um gemido pungente. — Se você tivesse visto aquela cabeça deformada, compreenderia por quê!

Vendo o estado do companheiro, Himiko balançou a cabeça com tristeza. Desviaram os olhos um do outro. Himiko apagou a luz do quarto e mergulhou sob o cobertor, ao lado de Bird. O calor não perturbava mais, mesmo os dois assim apertados numa cama estreita. Ficaram algum tempo em silêncio. Depois, Himiko moveu-se para junto de Bird, tentando abraçá-lo — desajeitada, sem parecer a especialista em sexo dos últimos dias. Bird sentiu o tufo de cabelos pubianos da amiga no lado externo da coxa. No primeiro instante, sentiu repulsa. Preferia que Himiko não se mexesse mais, que passasse para seu mundo privado e feminino do sono. Por outro lado, esperava, e muito, que ela permanecesse acordada enquanto ele próprio não dormisse. O tempo passava. Fingiam dormir, embora um soubesse que o outro estava desperto. Inesperadamente, como uma raposa que não suporta mais se fingir de morta, Himiko disse:

— Ontem você sonhou com o bebê, não sonhou?

— Sim, sonhei. Por quê?

— Como foi o sonho?

— Um sonho bastante simples. Era uma base lunar de foguetes, e o berço com o bebê estava lá, naquele cenário árido e pedregoso. Só isso.

— Você estava encolhido como um bebê, e com os punhos fechados, chorava como um bebê, com a boca toda aberta, dormindo.

— Que espantoso, parece uma história sobrenatural! — A vergonha brotava aos borbulhões, Bird se afogava nela.

— Fiquei apavorada. Pensei que você não fosse mais voltar ao normal.

Bird estava mudo. Enrubescia fortemente no meio da escuridão. Himiko permanecia imóvel.

— Então, Bird, se esses acontecimentos não lhe fossem assim tão pessoais, se dissessem respeito a nós dois, eu teria como ajudá-lo mais — disse Himiko, pesarosa, arrependida de ter falado sobre as reações de Bird ao pesadelo.

— É uma provação pessoal, somente minha — disse Bird. — No entanto, certas provações, embora pessoais, são cavernas que, quando escavadas, vão dar num túnel e numa saída de onde se descortina uma verdade impessoal e comum ao resto da humanidade. Existem provações assim, não é verdade? Nesses casos, há uma recompensa pelo sofrimento. Como Tom Sawyer, que passou por momentos aflitivos numa caverna escura, mas que ao voltar à superfície trazia nas mãos um saco de moedas de ouro! Entretanto, essa minha provação não passa de um poço isolado do mundo dos homens, nela eu estou só, escavando desesperado só para afundar cada vez mais. A mesma escuridão de outras cavernas, mas, por mais que eu lute e sue na escuridão, não tirarei disso proveito humanitário algum, nem sequer uma migalha. Uma escavação vergonhosa e estéril. O meu Tom Sawyer enlouquecerá numa caverna terrivelmente profunda!

— Acredito que não existam provações absolutamente estéreis entre os homens, e digo por experiência própria, Bird. Sabe, logo após a morte de meu marido, me vi torturada pelo medo da sífilis. É que eu havia feito sexo sem proteção com uma pessoa que podia me contaminar. Por um longo tempo, esse medo me atormentou. Padeci durante muito tempo, achei que não poderia haver neurose mais infrutífera e inútil que aquela. Mas, recuperada, vi depois que ela me rendeu alguns frutos. Porque nunca mais voltei a ter fobia da sífilis, pelo menos uma fobia prolongada, mesmo quando vou para a cama com parceiros de risco!

Himiko fazia confidências como quem conta uma história engraçada. Até riu um pouquinho. Procurava parecer descontraída para reanimá-lo. Não obstante, Bird respondeu, irônico:

— Ou seja, quando minha mulher tiver outro filho excepcional, não vou mais sofrer tanto tempo assim.

— Eu não quis dizer isso, Bird! — reagiu Himiko, ressentida. — Sabe, seria bom se você pudesse transformar esse poço em que você se encontra numa caverna com saída!

— Acho impossível.

Então, Himiko resolveu:

— Vou pegar alguns soníferos e cerveja. Você também vai precisar deles, não vai?

Precisava, mas não podia se arriscar a perder o toque do telefone. Respondeu, irritado:

— Não quero. Não gosto do sabor que o sonífero deixa na boca de manhã.

Bastava dizer não quero. Mas a vontade de tomar cerveja e sonífero era tanta que lhe queimava a garganta, o que o fez dizer mais.

— É mesmo? — Impiedosa, Himiko engoliu o comprimido junto com a cerveja. — Por falar nisso, tem gosto é de dente quebrado.

Bird permaneceu um longo tempo afastado do sono, com Himiko já adormecida a seu lado. Mantinha o corpo enrijecido junto do da amiga — ombro, braço, virilha e ventre —, como se padecesse de elefantíase. Compartilhar a mesma cama com outro corpo impunha um sacrifício injusto ao seu. No primeiro ano de casamento, dividira o mesmo leito com a mulher. Até isso lhe parecia agora uma ilusão da memória. Por fim, Bird resolveu sair da cama e dormir no chão. Mas, enquanto procurava se levantar, Himiko, profundamente adormecida, o assustou com um grito selvagem e se agarrou a ele rangendo os dentes. Outra vez, o tufo de pelos pubianos lhe roçava o lado externo da coxa. Um hálito metálico vinha do fundo escuro dos lábios entreabertos da amiga.

Ainda acordado e com o corpo dolorido sem poder se mexer, os espinhos da desconfiança começaram a espicaçá-lo. Não estariam o médico e as enfermeiras nutrindo o bebê de hora em hora com dez litros de bom leite? Que cela duvidosa esta em que se recolhera para aguardar a morte do bebê! Bird imaginava o bebê de duas cabeças ingerindo gulosamente o leite por duas bocas. Arrepios de febre pulverizavam-lhe a pele do corpo. A balança sentimental se desequilibrava. O peso sobre o prato da vergonha por deixar o bebê morrer de inanição se reduzia, enquanto o do outro prato, em que se via como vítima da criança excepcional, aumentava. A intranquilidade egoísta causava-lhe mal-estar, provocava-lhe suores. Já não distinguia nenhum objeto dentro da escuridão, nem sequer a mobília do quarto, ruído algum, nem mesmo o provocado pelos carros na rua. Bird só existia para sentir o formigamento produzido pela febre e pela transpiração, que brotavam do interior do corpo e atingiam a superfície da pele. Um verme inerte, infectado por agrotóxicos, vertendo sumo esverdeado. Com certeza, o médico e as enfermeiras estão dando à criança dez litros de um leite consistente...

Não poderia contar essas fantasias vergonhosas a Himiko pela manhã, pois eram um produto do que a produtora do programa noturno de rádio havia previsto. Mas iria depressa à UTI neonatal, não suportava mais a espera. O telefone não tocou na madrugada insone. Nem quando a claridade da manhã de verão se infiltrou pela fresta da cortina o telefone tocou, a não ser que fosse uma ilusão. Bird suava, imerso num barril de ansiedade.

Mal-humorados, Bird e o médico observavam o berço do outro lado da divisória de vidro. Juntos, ombros encostados, como se estivessem olhando um polvo no aquário. Nada parecia indicar que o bebê estivera recebendo tratamento indevido. Ele já estava fora da incubadora, deitado sozinho num berço normal. Passaria por uma criança qualquer submetida a uma pequena cirurgia. Esse bebê vermelho feito camarão cozido não aparentava enfraquecimento. Até crescera um pouco, a protuberância da cabeça também. Arqueava o corpo para trás, talvez para equilibrar o peso da protuberância, e com as mãos dobradas atrás das orelhas esfregava incessantemente a cabeça com a ponta dos polegares. Os olhos fortemente cerrados deixavam enrugada a metade do rosto. Talvez quisesse coçar a protuberância, mas as mãos não conseguiam alcançá-la.

— Será que a protuberância lhe provoca coceiras?

— Ahn? — fez o médico, mas logo compreendeu a pergunta de Bird e disse: — Não sei. Mas a pele embaixo está inflamada e pode rasgar-se. Talvez isso cause as coceiras. Injetamos antibiótico na área, mas quando terminamos o tratamento a área voltou a inflamar. Se a pele se romper, a criança terá problemas de respiração.

Bird olhou para o médico. Quis dizer-lhe algo, mas engoliu em seco e permaneceu calado. Pretendia certificar-se de que o médico não se esquecera de que ele, pai da criança, desejava que ela morresse. Receava ser atormentado outra vez pelas dúvidas da noite anterior. Entretanto, engolir em seco foi só o que pôde fazer.

— Os próximos dias serão decisivos — disse o médico.

A criança continuava a esfregar com as mãos grandes e vermelhas a região das orelhas; elas eram enroladas para dentro, parecidas com as de Bird. Em voz baixa, como se temesse que aquelas orelhas o escutassem, Bird disse:

— Confio no senhor.

Corado, inclinou-se diante do médico numa mesura e deixou a sala. Mal a porta se fechou a suas costas, Bird já estava arrependido de não ter insistido com o médico sobre sua esperança de que a criança não sobrevivesse. Enquanto caminhava pelo corredor, Bird esfregava atrás de cada orelha com os polegares. Enquanto esfregava, inclinava-se cada vez mais para trás, como se um peso na cabeça lhe vergasse o corpo. Percebeu de repente que inconscientemente imitava o bebê, e parou, olhando rápido para os lados. Duas gestantes defronte ao bebedouro do fim do corredor voltavam um rosto inexpressivo para ele. Enojado, com ânsia de vômito, pôs-se a correr na direção da passarela arqueada da saída.

Bird passava vagarosamente com o carro diante do restaurante em frente à faculdade à procura de uma vaga para estacionar, quando seu amigo o viu e foi ao seu encontro. Bird conseguiu finalmente estacionar o carro e consultou o relógio de pulso. Trinta minutos atrasado ao encontro. A impaciência se espalhava como bolor pelo rosto do amigo.

— O carro é emprestado — explicou, um pouco acanhado pelo carro esporte vermelho. — Desculpe o atraso. Acho que já estão todos reunidos, não?

— Nada, apenas eu e você. Os outros acabaram indo a uma reunião em Hibiya, protestar contra o reinício dos testes nucleares de Kruschev.

— Ah, isso — disse Bird. Naquela manhã, vira Himiko lendo uma reportagem sobre o assunto e, contudo, não prestara a mínima atenção. O problema desse bebê grotesco, que afeta só a mim, faz com que eu dê as costas para o mundo. Também, essas pessoas que participam de reuniões de protesto para influir no destino das nações não têm nenhum bebê com protuberância na cabeça querendo cravar os dentes nelas.

O amigo impaciente lançou-lhe um olhar desgostoso por Bird ter aceitado com facilidade a ausência dos demais.

— Todos estão preocupados em não se envolver com o Deltcheff, Bird, por isso foram protestar contra Kruschev. Porque não há inconveniência alguma em participar de uma reunião ao ar livre no anfiteatro de Hibiya, junto com milhares de pessoas vociferando discordância. Não lhes trará nenhum atrito pessoal com Kruschev.

Bird pensou nos demais membros do Círculo de Estudos da Língua Eslava. Naturalmente, eles poderiam se prejudicar se se envolvessem com Deltcheff, atolado num pântano. Alguns trabalhavam em departamentos comerciais de empresas multinacionais de primeira linha, outros eram funcionários do Ministério do Exterior ou então professores assistentes em centros de pesquisa universitários. Com o caso Deltcheff nos jornais, qualquer suspeita de participação nele, ainda que mínima, por parte de seus superiores, poderia lhes causar problemas. Ninguém era mais livre que Bird, um professor de cursinho, e ainda mais em vias de ser despedido.

— Então, o que vamos fazer? — perguntou ao amigo.

— Não temos escolha. O Círculo terá que recusar o pedido do consulado.

— Você também não quer se envolver com Deltcheff?

Não havia crítica na pergunta de Bird, fora feita por mera curiosidade. Mas parecia ter ofendido o amigo, pois este lhe devolveu um olhar ultrajado. Bird percebeu, surpreso, que o amigo esperava sua concordância imediata.

— Mas veja — disse com brandura ao amigo carrancudo. — Acatar nossa ponderação pode ser a última chance de Deltcheff, concorda? Se essa chance for desperdiçada, o caso se tornará público. Recusar o pedido de intermediação da embaixada nos deixa numa situação desconfortável.

— Claro, tudo ficaria bem se Deltcheff aceitasse nossos argumentos. Mas se ele se recusar e o caso se transformar num escândalo, veja bem, estaremos envolvidos num problema internacional. Por isso eu não gostaria de falar com ele — disse o amigo, desviando o olhar para o assento do motorista, exposto como as entranhas de um carneiro aberto.

Havia nas palavras dele uma sugestão clara, se não uma súplica, para que Bird não se opusesse mais e concordasse. Mas

Bird não se impressionara nem um pouco com as ameaças de escândalo e de incidente internacional. Mergulhado até a raiz dos cabelos no escândalo do bebê-monstro e nos problemas domésticos dele decorrentes, infinitamente mais graves e reais do que qualquer problema internacional, e que o mantinham agarrado pelo pescoço, as armadilhas em volta de Deltcheff não o atemorizavam. Desde que o problema do bebê surgira em sua vida, nunca se vira com tamanha liberdade de ação, e achou graça na ironia das coisas.

— Se o Círculo vai se recusar a envolver-se com Deltcheff, eu gostaria de me encontrar com ele. Temos bastante intimidade, e além disso, se o caso se tornar público e eu me vir envolvido em algum escândalo, nada tenho a perder — disse Bird. Precisava de ação para preencher o novo período de espera de alguns dias, segundo as palavras do médico, e também desejava conhecer de perto a vida reclusa de Deltcheff.

Deixando de lado todo e qualquer escrúpulo, o amigo aceitou tão prontamente a proposta de Bird que o deixou confuso.

— Se pensa assim, é o que deve fazer! É a melhor solução! — disse, com energia e entusiasmo. — Na verdade, eu estava torcendo para você assumir o caso. Todos, exceto você, fraquejaram ao saber de Deltcheff. Mas você não. Manteve-se calmo e decidido. Fiquei impressionado.

Bird sorriu amavelmente, preocupado em não magoar a repentina loquacidade do amigo. Podia mostrar-se calmo e decidido com tudo o que não se relacionasse com o problema do bebê, mas nem por isso devia ser motivo de inveja para o resto da cidade, que nem imaginava o que era andar com uma canga como a dele no pescoço.

— Deixe pagar-lhe o almoço, Bird — propôs o amigo, animado. — Vamos começar com uma boa cerveja.

Bird concordou. Caminharam juntos até o restaurante. Sentando-se defronte a Bird, o amigo pediu cerveja e comentou, bem-humorado:

— Nossa, Bird, esse seu hábito de coçar a cabeça com os polegares vem de seu tempo de estudante?

Enviesando o corpo para passar por uma fenda de cerca de cinquenta centímetros, aberta entre um bar e um restaurante coreano, Bird cogitava se não haveria outra saída secreta naquele labirinto. Conforme o mapa que recebera do amigo, a passagem por onde ele se esgueirava naquele momento era o único acesso a um beco sem saída. Um beco em forma de estômago, mas sem saída para o intestino. Será que os fugitivos, ou os fugitivos potenciais, poderiam sentir-se seguros alojados nos fundos de uma área assim fechada? Estaria Deltcheff desesperado a ponto de escolher um esconderijo num local como aquele? Ocorreu-lhe que o amigo talvez nem estivesse mais ali. A ideia o aliviou um pouco. Defronte à entrada de um apartamento no fundo do beco, mais parecida com a trilha secreta de um esconderijo nas montanhas, Bird enxugou o suor do rosto. Todo o beco dava uma impressão sombria, mas olhando-se para o alto dava para ver os raios do sol ardente do meio-dia caírem sobre o beco como uma rede de platina incandescente. Com a face voltada para o céu brilhante, Bird fechou os olhos e esfregou a cabeça irritada com os polegares, mas rapidamente baixou as mãos e endireitou o corpo. De algum lugar distante, uma menina gritava feito louca.

Bird descalçou os sapatos e entrou no apartamento. Levando-os na mão, subiu por uma escada coberta de partículas de barro. Do lado esquerdo do corredor viam-se portas, como as celas de uma prisão. Do lado direito, uma parede toda rabiscada. Bird avançou pelo corredor, conferindo o número dos apartamentos. Sentia que havia gente por trás das portas, mas elas estavam todas fechadas. Como se defendiam do calor? Himiko seria acaso o precursor de uma tribo que se propagava rapidamente pela cidade toda, uma tribo que se encerrava em aposentos trancados a chave mesmo em pleno dia? Ao chegar ao fim do corredor, Bird encontrou outra escada, estreita e escondida como um nicho. Por acaso olhou para trás e deu com uma mulher corpulenta, atravessada na porta de um dos apartamentos. Ela o observava. Seu corpo enorme bloqueava toda a claridade externa, ocultando-a em sombras e escurecendo o corredor.

— O que está fazendo aí? — interpelou ela, como se enxotasse um cachorro.

— Estou à procura de um amigo estrangeiro — respondeu Bird assustado.

— Um americano?

— Ele está vivendo com uma jovem japonesa...

— Ah, esse americano mora no primeiro apartamento do segundo andar — disse ela, desaparecendo em seguida.

Com certeza, se Deltcheff fosse mesmo o americano, a mulher corpulenta o via com simpatia. Mas Bird ainda estava em dúvida enquanto subia as escadas de madeira branca. Ao pôr os pés no último degrau, fez uma volta fechada — dançarino num salão apertado — e de repente se viu diante de Deltcheff, que o recebia de braços abertos e com uma interrogação no olhar. Bird sentiu uma súbita alegria. Deltcheff era o único a ter o saudável bom senso de deixar a porta aberta para expulsar o calor. Bird encostou o sapato na parede do corredor e apertou a mão do amigo, que lhe sorria com metade do corpo para fora do apartamento. Vestia apenas calção azul e camiseta, o que lhe dava um aspecto de atleta. Tinha o cabelo ruivo aparado bem curto. Em compensação, cultivava um farto bigode, também ruivo. Nada nele fazia supor um fugitivo. Certamente não tivera muita oportunidade de banhar-se após ter vindo morar naquele apartamento, pois embora fosse de estatura pequena cheirava como um urso gigantesco. Trocaram saudações num parco inglês. A amiga tinha saído para fazer o cabelo. Deltcheff convidou Bird a entrar no apartamento forrado de tatame, mas Bird recusou, alegando estar com os pés sujos. Preferiu conversar de pé, no corredor. Temia permanecer longo tempo no apartamento. De relance, Bird notou o interior vazio, sem móvel algum. No fundo da sala, uma janela estava bloqueada por um anteparo de madeira resistente colocado cerca de vinte centímetros à frente dela. Havia cenas privadas da vida cotidiana a serem resguardadas.

— Deltcheff, seu consulado lhe pede que regresse imediatamente — começou Bird, indo direto a sua missão de persuasão.

— Não vou voltar, minha amiga não quer que eu volte — respondeu Deltcheff sorrindo.

O inglês limitado e pouco fluente de ambos dava ao diálogo a impressão de um jogo. Mas conseguiam deixar os sentimentos de fora, evitando, assim, que a conversa se tornasse desnecessariamente tensa. Ela prosseguia, franca e direta.

— Eu sou o último mensageiro. Depois, virá alguém de seu consulado ou, pior, alguém da polícia japonesa.

— A polícia japonesa nada fará. Sou diplomata.

— Tem certeza? Mas se alguém do consulado vier buscá-lo, você com certeza será enviado de volta para sua pátria.

— Suponho que sim. Causei problemas, portanto serei relegado ou perderei o cargo de diplomata.

— Pois então por que não volta ao consulado antes que tudo isso se transforme num escândalo?

— Não vou voltar. Minha amiga quer que eu fique — disse ele, com um largo sorriso.

— É por razões puramente sentimentais que está escondido aqui? Não é nada político?

— É.

— Você é um homem curioso, Deltcheff.

— Por quê?

— Sua amiga não fala inglês, não é verdade?

— Nós nos entendemos calados.

A semente de uma insolúvel tristeza germinava dentro de Bird.

— Está bem, mas se eu relatar o que acontece aqui ao consulado, virão apanhá-lo imediatamente.

— Nada posso fazer se vierem me buscar contra minha vontade. Minha amiga compreenderá.

Bird abanou a cabeça, desanimado, dando a entender que sua missão estava terminada. Uma gotícula de suor brilhava, presa, na penugem avermelhada dos bigodes ruivos de Deltcheff. Mas não apenas ali. O suor aderia a todos os pelos de seu corpo.

— Então, direi isso ao consulado.

Curvou-se para apanhar o sapato.

— E seu filho, Bird, já nasceu?

— Nasceu. Mas é uma criança excepcional, e estou esperando que morra de inanição — respondeu, tomado por um impulso confessional. — É um caso feio de hérnia cerebral, a criança parece ter duas cabeças.

— E por que não opera, em vez de esperar que morra? — O sorriso de Deltcheff se apagou e deu lugar à indignação, quase ao furor, o que acentuou a masculinidade de seu rosto.

— A criança não tem nem um por cento de probabilidade de crescer normalmente, mesmo operada — Bird explicou, abalado.

— Tudo o que os pais podem fazer por um filho é recebê-lo de braços abertos quando ele chega. É o que Kafka diz numa carta a seu pai. Em lugar de acolher a criança, você a rejeita? Acha admissível esse egoísmo? Rejeitar uma vida que não é sua?

Um violento rubor subiu aos olhos e à face de Bird. Isso já se tornara costumeiro. Deltcheff não era mais o estrangeiro exótico de bigode ruivo que mesmo numa situação desesperada conseguia manter o bom humor e o equilíbrio. Bird sentiu-se atacado de surpresa por um inimigo emboscado. Tentou forçar uma reação e de repente descobriu que não possuía uma única palavra para responder. Deixou-se ficar, cabisbaixo.

— *Ah, the poor little thing!* — sussurrou Deltcheff.

Bird estremeceu e levantou o rosto. Deltcheff não se referia à criança, mas a ele próprio, Bird. Calado, esperou que o amigo o dispensasse.

Bird despediu-se penosamente de Deltcheff e recebeu dele como presente um pequeno dicionário do inglês para a língua materna de Deltcheff. Bird pediu-lhe que autografasse a capa do dicionário. Deltcheff escreveu uma palavra em sua língua da península balcânica e assinou embaixo.

— Esta palavra significa "esperança" — disse.

Ao deixar o apartamento, Bird cruzou com uma jovem na parte mais estreita da passagem do beco. Bird sentiu o perfume do cabelo recém-penteado. Ela curvava o pescoço, baixando o rosto extraordinariamente pálido. Bird quis dizer alguma coisa, mas desistiu. *The poor little thing!* Sob o sol estonteante, correu em direção ao MG de Himiko, estacionado no pátio de um supermercado, encharcando-se imediatamente de suor. Era o único em toda a cidade a correr numa hora daquelas.

# 11.

Domingo, ao acordar, Bird se surpreendeu com a claridade e o ar fresco em volta. A brisa entrava pela janela completamente aberta do quarto e se espraiava com a luz para a sala de estar, de onde vinha o barulho de um aspirador de pó. Habituado à obscuridade reinante na casa, Bird sentiu vergonha de expor à claridade intensa sua nudez, ainda escondida sob o cobertor. Afobado, vestiu as calças e a camisa e foi depressa para a sala de estar, antes que Himiko invadisse o quarto e pensasse em zombar dele.

— Bom dia, Bird! — disse ela alegremente, empunhando o tubo do aspirador de pó como um pedaço de pau pronto a esmagar um camundongo fugitivo. Tinha um turbante na cabeça, e o rubor na face trazia-lhe de volta o ar infantil.

— Meu sogro veio me visitar e agora está passeando por aí enquanto arrumo a casa.

— Então vou sair.

— Por que fugir, Bird? — protestou, irritada.

— Este lugar é um esconderijo para mim. Não me sinto à vontade em ser apresentado a estranhos num esconderijo.

— Meu sogro sabe que recebo amigos para passar a noite, e não se incomoda com isso. Mas se um deles fugir afobado de manhã, isso, sim, o deixará preocupado — respondeu, de cara amarrada.

— Está bem, então vou fazer a barba.

Bird voltou ao quarto.

A reação de Himiko o abalou. Desde que viera para a casa da amiga, se comportara como um egoísta. Estivera preocupado só consigo. Himiko não passava de uma pequena célula de sua consciência. Como pudera desfrutar de um tal poder absoluto, sem que nada o justificasse? Sou uma larva encerrada no casulo de minha própria desgraça. Sem nada perceber além dos limites do casulo, sem nem pôr em dúvida as prerrogativas de uma larva...

Feita a barba, Bird olhou de relance, no espelho pequeno e turvo, o rosto sério e pálido daquela larva enclausurada na própria desgraça. O rosto havia encolhido, se reduzira. Não apenas porque emagrecera.

— Invadi sua casa, passei a ter um comportamento egocêntrico, achando tudo, veja só, muito natural — disse Bird a Himiko, quando voltou à sala de estar.

— Isso é um pedido de desculpas? — caçoou ela, com o rosto já tranquilo.

— Pensando bem, estou dormindo na sua cama, comendo as refeições que você me prepara, e sem nenhum direito de perturbar sua liberdade, me sentindo à vontade em sua casa.

— Está indo embora, Bird? — perguntou Himiko, preocupada.

Bird fitou a amiga. Nunca mais encontraria, em nenhum outro lugar que não aquele, outra pessoa com quem pudesse se dar tão bem quanto ela. Uma fatalidade. Estava triste e inconformado.

— Eu sei, um dia vai ter de acontecer, mas não será agora, está bem, Bird?

De volta ao quarto, Bird jogou-se de costas na cama. Cruzou as mãos atrás da cabeça e fechou os olhos. Gostaria de agradecer a Himiko.

Pouco depois, Himiko, seu sogro e Bird estavam sentados ao redor da mesa bem-arrumada, conversando sobre os dirigentes das novas nações africanas e sobre a gramática do dialeto swahili. Himiko despregara o mapa da África da parede do quarto e o estendera na mesa para mostrá-lo ao sogro.

— Por que não leva Himiko para a África com você? É possível obter o dinheiro da viagem com a venda desta casa e do terreno — sugeriu o sogro.

— É verdade, seria uma ótima ideia! — disse Himiko, lançando um olhar especulativo para Bird. — A viagem poderá fazê-lo esquecer a infelicidade de seu filho, e eu, o suicídio de meu marido.

— Sim, sim, e isso é muito importante! — enfatizou o sogro. — Vá, parta com ela para a África, por que não?

Bastante perturbado pela sugestão, Bird respondeu, confuso:

— Não, não é possível, não posso fazer isso!

— E por que não? — desafiou Himiko.

— Seria muita desfaçatez ir para a África e esquecer com tanta naturalidade a morte por inanição do bebê! Não posso fazer isso! — gaguejou, enrubescendo.

— Mas que moralista! — ironizou Himiko.

Mais enrubescido ainda, Bird repreendeu-a com o olhar. Contudo, alimentava outros pensamentos. Se o sogro de Himiko tivesse me pedido que aceitasse a viagem à África para salvar Himiko da lembrança do marido morto por suicídio, isso me seria moralmente aceitável. Eu teria me derretido todo, como cubinhos de caldo de carne em água quente, e com certeza, de alma leve, teria me libertado para essa doce e suspeita viagem. Temia esse pedido, mas também o aguardava, até ansiosamente. Essa carência desavergonhada e detestável fazia Bird ter vontade de se esconder num buraco escuro. Um lampejo de indiferença brilhou nos olhos da amiga:

— Em uma semana ele estará de volta ao lado da mulher!

— Ah, me perdoe — disse o sogro. — É que depois da morte de meu filho, nunca vi Himiko tão feliz como agora, o que me levou a pensar dessa forma. Não se ofenda, por favor.

Bird encarou o sogro de Himiko com desconfiança. Era calvo, e a nuca tostada de sol, do pescoço aos ombros, não permitia distinguir onde terminava a cabeça. E dessa cabeça, que lembrava um leão-marinho, dois olhos tranquilos, um pouco turvos, o contemplavam. A personalidade do homem era um mistério. Bird calou-se, precavido, mantendo um sorriso ambíguo. Esforçava-se para não deixar transparecer a decepção vergonhosa que lhe subia do peito para a garganta e o sufocava.

Bird e Himiko estavam entregues ao sexo noite adentro, já por uma hora, na úmida escuridão do quarto, procurando cada um ajeitar-se indolentemente em sua melhor posição de conforto. Silenciosos, animais em cópula. Himiko se erguia em orgasmos, a princípio a intervalos curtos, depois alongando os períodos de espera. Aquilo reavivava em Bird a sensação de tardes passadas no pátio da escola primária em que estudara, numa pequena cidade provinciana, manobrando um aeromodelo com um pequeno motor a gasolina. Em seus orgasmos, Himiko descrevia círculos no ar em volta de Bird. Estremecia, emitia pequenos gritos, o próprio aviãozinho em miniatura arfando com o peso do motor. Finalmente aterrissava no chão ao lado de Bird, quando então a fase dos movimentos silenciosos e pacientes recomeçava. O sexo entre os dois se tornara pacífico e regular, já como um hábito arraigado de vida. Parecia a Bird que vinha praticando sexo com Himiko havia séculos. O órgão sexual de Himiko era agora um local simples e seguro, e já não abrigava nenhum vestígio das garras do pavor que o tinham atormentado. Deixara de ser um *labirinto confuso* para tornar-se algo simples quanto uma bolsa flácida de resina sintética. Nenhum fantasma surgiria dali para persegui-lo. Bird estava tranquilizado. Talvez porque Himiko houvesse ostensivamente limitado o sexo entre os dois tão somente à busca de prazer. Bird pensou no sexo com sua mulher, sempre desajustado e nunca pacífico. Dele afloravam conflitos psicológicos deprimentes, mesmo após todos aqueles anos casados. Quando as pernas e as mãos compridas e desajeitadas de Bird tocavam-lhe o corpo tenso e encolhido pelo esforço de dominar a aversão, ela reagia como se tivesse levado uma bofetada. Enfurecida, insultava-o, algumas vezes até chegando a tentar agredi-lo fisicamente. Envolvido nessas pequenas desavenças, Bird acabava interrompendo o sexo. Mas o atrito prosseguia noite afora, entre espinhos do desejo insatisfeito. Ou então, Bird terminava apressadamente, com o sentimento deprimente de haver esmolado. Bird esperava refazer a vida sexual do casal após o parto.

Enquanto circulava pelos ares em orgasmo, Himiko mantinha o pênis de Bird apertado na vagina, como uma mão a ordenhá-lo. Bird podia escolher qualquer um desses orgasmos de Himiko para dar vazão ao seu, contudo o receio da longa noite que se seguiria ao coito fazia com que retrocedesse. Quem sabe um dia conseguisse, e então se entregaria ao mais doce dos sonos.

Depois de descer suavemente de um de seus inúmeros orgasmos, Himiko subia novamente, como uma pipa apanhada por uma ascendente. Bird, lúcido, controlava-se com cuidado quando o telefone soou. Tentou levantar-se, mas os braços suados de Himiko se fecharam firmemente em suas costas.

— Pode ir agora — disse ela um minuto depois, desfazendo o abraço.

Apressado, Bird correu até o telefone, que continuava a tocar na sala de estar, procurando normalizar a respiração.

Uma voz masculina e jovem procurava pelo pai da criança internada na UTI neonatal do hospital universitário. Tenso, Bird respondeu com voz quase sumida. Um estudante interno estava ao telefone para transmitir um recado do médico do bebê.

— Desculpe-me por ligar tão tarde. É que tivemos diversos problemas por aqui hoje — disse a voz à distância. — Precisamos que o senhor compareça amanhã, na sala do professor de neurocirurgia, às onze horas da manhã. Ele é o subdiretor do hospital. O médico responsável pela criança, meu chefe, deveria telefonar-lhe pessoalmente, mas pede desculpas por estar muito cansado. Realmente, houve um tumulto por aqui que se estendeu até bem tarde!

Bird respirou fundo. A criança deve ter morrido e estão pensando em realizar a autópsia no setor de neurocirurgia.

— Entendi. Estarei na sala do subdiretor amanhã. Muito obrigado — respondeu, repondo o fone no gancho.

O bebê morreu de inanição! Mas deixou o médico morto de cansaço. O que significa isso? O gosto amargo do suco gástrico subiu-lhe à boca. Algo gigantesco e ameaçador o fitava do fundo da escuridão à sua frente. Pé ante pé, voltou para a cama, trêmulo e apavorado — colecionador de insetos enfiado num buraco cheio de escorpiões. A cama era um ninho seguro. Calado, Bird continuava a tremer. Buscou refúgio no recanto mais profundo desse ninho, o corpo de Himiko. Afoito, tentou introduzir-se nele, falhando diversas vezes. Os dedos de Himiko guiaram o membro com a ereção ainda incompleta, ajudando-o em seu intento. A afobação de Bird induziu Himiko à agitação premonitória do orgasmo que costumavam compartilhar. Porém, descontrolado e desajeitado, Bird teve de repente uma ejaculação tão solitária quanto uma masturbação. Deixou-se cair ao lado de Himiko, sentindo no peito a sensação de dor produzida pelas fortes batidas do coração. Achou que estivesse prestes a ter um ataque cardíaco.

— Coisa horrível você fez, Bird! — disse Himiko, mais se queixando que o repreendendo, e olhando-o com ar desconfiado na escuridão.

— Ah, me desculpe!

— Era sobre o bebê?

— Houve alguma confusão por lá, e por muito tempo — disse ele, tomado de novo receio.

— O que o subdiretor tem a ver com isso?

— Vou à sala dele amanhã de manhã.

— Tome um sonífero com uísque para dormir. Agora você não precisa mais esperar pelo telefonema — sugeriu a amiga, com voz carinhosa.

Himiko acendeu o abajur ao lado da cama e foi para a cozinha. Bird fechou os olhos com força e os escondeu com as mãos para evitar a luz. Uma preocupação despontava em sua mente esvaziada, feito uma estaca pontiaguda: como uma criança prestes a morrer de inanição poderia ter ocupado um médico até tarde da noite? Cogitando sobre isso, deu de cara com uma hipótese apavorante e bateu em retirada. Abrindo um pouco os olhos, recebeu das mãos de Himiko um copo com um terço de uísque e comprimidos para dormir em quantidade muito acima da regular. Engoliu todos de uma vez com a bebida, tossiu engasgado e voltou a fechar os olhos.

— Você tomou até a minha parte — disse Himiko.

— Ah, desculpe — disse Bird como um tolo.

— Sabe, Bird? — Himiko se deitou ao lado dele, mantendo cerimoniosamente um espaço entre eles.

— Sim?

— Vou lhe contar uma história, antes que o uísque e os comprimidos comecem a surtir efeito. É um episódio do livro desse autor africano. Você leu o capítulo sobre os espíritos ladrões?

Bird negou com a cabeça no escuro.

— Quando uma mulher engravida, os espíritos ladrões se reúnem lá na região onde eles vivem e elegem um deles para ir até a casa dessa mulher. Durante a noite, o representante dos espíritos ladrões expulsa a criança do útero e ocupa seu lugar. E no dia do parto ele nasce transfigurado num inocente bebê, Bird.

Ele escutava em silêncio.

— Um dia a criança adoece e a mãe faz oferendas para curá-la. Então o espírito ladrão carrega essas oferendas e as esconde num lugar secreto. A criança, porém, nunca sara, acaba morrendo e é enterrada. O espírito escapa do jazigo, recolhe as oferendas do esconderijo e as leva para a terra dos espíritos ladrões. O espírito se transforma numa criança encantadora para conquistar o amor da mãe e fazer com que ela lhe traga de bom grado valiosas oferendas. Os africanos se referem a essas crianças como bebês que nasceram para morrer. Mesmo que sejam bebês-pigmeus, devem ser crianças muito lindas, não acha?

Um dia contarei essa história a minha mulher. Aí ela vai formar uma imagem linda de nosso filho, de uma criança que realmente só nasceu para morrer. Quem sabe com o tempo até minha memória seja retocada e o veja lindo assim. Eis a farsa da minha vida. Meu estranho bebê, porém, morreu sem ter a cabeça dupla retocada e permanecerá desse jeito pela eternidade. O ser onipotente que governa a eternidade, se é que existe, deverá estar vendo o bebê bicéfalo e seu pai. Dominando uma ânsia de vômito, Bird despencou num sono tão hermeticamente fechado quanto uma lata de conservas, onde a luz do sonho não penetrava, nem sequer uma réstia. Num último lampejo de consciência, ouviu seu anjo da guarda sussurrar:

— *Coisa horrível você fez, Bird!*

Ele arqueara o corpo como se lhe houvessem pendurado um peso na cabeça e tentara coçar a nuca com o polegar. Ao fazer isso, atingira brutalmente os lábios de Himiko com o cotovelo. Com os olhos lacrimejantes de dor, ela observava na escuridão o amigo adormecido, o corpo encurvado em posição estranha, denotando sofrimento. Himiko suspeitava que Bird entendera mal o recado do hospital. Talvez o bebê não tivesse morrido, e sim tomado o caminho da recuperação e da alimentação correta com leite. A convocação fora para conversar sobre a cirurgia do bebê. O amigo dormia curvado, um orangotango em jaula acanhada, e exalava um hálito quente com cheiro forte de uísque. Figura cômica e também lamentável. Se aquele sono fosse a calmaria antes da tempestade que o aguardava no dia seguinte, então que o aproveitasse bem. Himiko saiu da cama. Esticou os braços e as pernas de Bird, para que ele pudesse dormir livre e estendido, ocupando toda a extensão do leito. Bird pesava, como se por magia tivesse sido transformado num gigante adormecido, mas estava fácil de mover. Depois, Himiko envolveu-se num lençol à maneira dos sábios gregos e foi para a sala de estar. Pretendia passar a noite examinando o mapa da África.

Cônscio de repente do mal-entendido, Bird sentiu-se maliciosamente enganado e enrubesceu de cólera. Acabara de entrar na sala do neurocirurgião e subdiretor do hospital. Via-

-se diante de uma equipe de médicos, entre eles o pediatra responsável pelo bebê, ao lado do neurocirurgião, professor catedrático de meia-idade, indiscutível autoridade, que não se mostrava, contudo, autoritário. Ao perceber seu engano, Bird ficara rubro e estarrecido. Sentou-se numa banqueta redonda amarela, cercado pelos médicos. Prisioneiro do bebê excepcional, tentara escapar da prisão, fora apanhado e arrastado até ali, o posto da guarda. Provavelmente, havia caído na armadilha daqueles guardas, que, em conluio, quiseram com um telefonema dúbio assistir a sua fuga malograda do alto das torres de vigia.

Como Bird se mantinha calado, o pediatra o apresentou:

— Esse senhor é o pai do bebê.

Depois, com um sorriso acanhado, recolheu-se à condição de espectador. Com toda a certeza, o neurocirurgião chamara a atenção do pediatra sobre o estado de nutrição do bebê durante a visita de inspeção, e este o traíra. Bird voltou um olhar rancoroso ao pediatra.

— Examinei seu filho ontem e hoje novamente. É só esperar um pouco mais, até que fique mais forte, e poderá ser operado — disse o neurocirurgião.

Preciso reagir, tenho de lutar contra esses indivíduos para me salvar do bebê monstruoso, ordenava Bird a seu cérebro prestes a entrar em pânico. Desde o instante em que se dera conta do grave engano em que incorrera, Bird já pensava em fugir. Fugia olhando de vez em quando para trás, preocupado em se proteger. Tenho de rejeitar a cirurgia, caso contrário meu mundo será tomado por essa criança.

— Há alguma possibilidade de a criança crescer normalmente, se a cirurgia for feita? — perguntou, como se não estivesse muito preocupado com a resposta.

— Ainda não podemos afirmar coisa alguma com segurança a esse respeito — respondeu o cirurgião honestamente.

Bird endureceu o rosto. Estavam lidando com um homem esperto, que ficasse bem claro.

Na arena no interior de sua mente, surgia um círculo de fogo — fogo da mais ardente vergonha. Bird, um tigre de circo, calculava o melhor momento para atravessar o círculo de um salto.

— Qual a maior probabilidade, crescer normalmente ou não?

— Isso também só poderá ser avaliado com precisão depois da cirurgia.

Bird armou o salto e atravessou descaradamente o círculo da vergonha, sem nem corar mais.

— Eu gostaria de recusar a cirurgia.

Todos os médicos se voltaram para ele com a respiração contida.

Estava feito. Bird sentia-se agora com coragem para vociferar qualquer argumento, por mais indecente que fosse. Mas não foi necessário exercer essa atrevida liberdade, pois imediatamente o neurocirurgião mostrou ter entendido o que Bird queria dizer.

— Nesse caso, vai levar a criança? — perguntou de pronto, visivelmente enfurecido.

— Sim, vou levá-la — respondeu Bird também de pronto.

— Então, esteja à vontade! — o médico mais carismático que Bird encontrara naquele hospital não disfarçava a aversão que lhe devotava.

Bird levantou-se, e com ele todos os médicos que o rodeavam. Soou o gongo, acabou a luta. Consegui me defender do monstro em forma de criança.

— O senhor vai mesmo levar a criança? — o pediatra o alcançara no corredor e revelava escrúpulos nessa pergunta.

— Venho buscá-la à tarde — disse Bird.

— Não se esqueça então de trazer as roupas — o pediatra virou o rosto e afastou-se.

Bird dirigiu-se apressado para o pátio, onde Himiko o aguardava no carro. Sob o céu nublado, tanto o carro esporte vermelho como Himiko, de óculos escuros, pareciam descoloridos e feios. Aproximou-se correndo do carro.

— Tudo errado, uma piada! — disse, fechando a cara.

— Bem que suspeitei.

— E por quê? — perguntou ele com aspereza.

— Por nada, Bird — respondeu Himiko, intimidada.

— Vou levar a criança daqui.

— Para onde? Para o hospital onde está sua mulher ou para sua casa?

Imediatamente Bird percebeu que estava em apuros. Apenas reagira por impulso contra o bando de médicos daquele hospital, que queria tentar uma cirurgia no bebê para depois empurrar-lhe uma criança com um buraco na cabeça para o resto da vida. Não havia concebido nenhum plano para o que viria depois. Evidentemente, o hospital onde estava a mulher não aceitaria de volta a mercadoria de que haviam se livrado uma vez. Se levasse a criança para seu apartamento, a curiosidade repleta de boas intenções da velha senhoria o deixaria em situação difícil. Supondo que Bird desse continuidade, em seu quarto, à perigosa alimentação do hospital, o bebê bicéfalo, faminto, poderia chorar aos berros, fazendo làtir toda a cachorrada da vizinhança. E se depois disso o bebê morresse de inanição, que médico lhe daria o atestado de óbito? Bird já se imaginava preso por suspeita de infanticídio e todo o alarido da imprensa.

— Tem razão, não tenho para onde levar a criança! — admitiu, com hálito azedo, completamente abatido.

— Se você não tem nenhum plano, Bird...

— Sim?

— Quem sabe não devêssemos deixar a criança com um médico amigo meu? Ele ajuda as pessoas que não querem ter bebês. Eu o conheci quando fiz um aborto.

Bird estava em pânico, preocupado apenas com a própria pele, pobre soldado de um exército destroçado pelo bebê monstruoso. Empalideceu e atravessou com um salto outro círculo de fogo:

— Se esse médico aceitar, deixo com ele.

— Você entende... — disse Himiko estranhamente calma — pedir ajuda a ele é o mesmo que matar a criança sujando nossas próprias mãos.

— Nossas mãos, não! É a minha mão que eu sujo por matar a criança — disse Bird. Assim, livrava-se pelo menos de uma farsa. Não que isso lhe rendesse alguma felicidade; descia mais um degrau em direção a um deprimente calabouço subterrâneo.

— São mesmo as nossas mãos, Bird. Não quer dirigir o carro?

A causa da fala arrastada da amiga se devia, por certo, ao estado de extrema tensão em que ela se achava. Bird passou pela frente do carro e buscou o assento do motorista. Viu que Himiko estava pálida, a pele do rosto tão arrepiada que um pó esbranquiçado parecia se formar ao redor dos lábios. O rosto de Bird também devia estar assim deplorável. Tentou cuspir para fora do carro, mas tudo o que conseguiu arrancar da boca ressequida foi um estalido da língua. Acelerou o carro com violência, como fazia a amiga.

— O médico de quem lhe falei é aquele amigo de rosto oval que me chamou à janela na primeira noite em que você dormiu em casa, lembra?

— Sim, claro.

Bem que gostaria de poder passar a vida toda sem precisar ter contato com gente daquela espécie, pensou Bird.

— Primeiro ligamos para ele para combinar tudo, depois nos preparamos para buscar o bebê.

— O pediatra me lembrou de levar as roupas do bebê.

— Pois passamos antes em seu apartamento para apanhá-las. Você sabe onde estão guardadas, não sabe, Bird?

— Ah, não, melhor não!

A cena dos dias de gravidez da mulher, quando ela, absorta, se entretinha em preparar com afinco o enxoval da criança ressurgia com extraordinária nitidez em sua mente. O berço branco, o pequeno armário marfim com alças em forma de maçã e todos os outros acessórios o repeliam.

— Não conseguiria pegar as roupas do bebê lá em casa.

— É verdade. A senhora Bird jamais o perdoaria se soubesse que você utilizou as roupas para um propósito desses.

É possível. E nunca me perdoará mesmo que eu não toque nas roupas do bebê deixadas no apartamento. Basta que ela saiba que o bebê foi retirado do hospital e transferido para um outro, para lá morrer. No ponto a que cheguei, decerto não será possível mantê-la na dúvida e prosseguir com incertezas na vida doméstica. Por melhor que eu faça, isso está além da minha capacidade, ainda que eu consiga suportar de alguma forma os pruridos dessa farsa em minha consciência. Bird cravava os dentes na amarga realidade escondida sob o doce revestimento da falsidade.

O carro chegou a um largo cruzamento e parou diante de um semáforo vermelho numa das avenidas circulares da grande metrópole. Impaciente, Bird olhou na direção para onde seguiriam. Nuvens negras e pesadas encobriam o céu. Um vento carregado de cheiro de chuva agitava sem cessar os ramos das árvores na alameda poeirenta. O semáforo havia mudado para verde, contrastando com o céu escuro, e parecia querer atrair

Bird para dentro dele. O mesmo sinal de trânsito protegia tanto a ele como aos cidadãos que jamais pensariam em matar alguém na vida. Não era justo.

— De onde vamos telefonar? — perguntou Bird, sentindo-se um criminoso em fuga.

— Da primeira mercearia que encontrarmos. Assim, compramos salsichas e outras coisas para o almoço.

— Está bem. — Mas ele não tinha fome. Pior, o estômago se rebelava. — Seu amigo concordará?

— Aquele rosto oval lhe dá um ar bonachão, mas ele já fez coisas terríveis. Por exemplo... — Himiko se calou de repente e umedeceu os lábios secos com a ponta da língua.

Então o homenzinho fizera coisas tão terríveis que nem Himiko tinha coragem de contar, pensou Bird. Enjoado, perdeu de vez o apetite para as salsichas.

— Antes de pensar em salsichas, prefiro comprar as roupas do bebê. E também um cesto pequeno para carregá-lo. Melhor irmos a um shopping center. Se bem que eu detestaria ter de olhar o setor de artigos infantis.

— Deixe comigo, Bird. Você fica no carro.

— Estive num lugar desses com minha mulher logo que ela engravidou, para fazermos juntos algumas compras. Mulheres grávidas, crianças, um ambiente cruel!

De relance, viu que Himiko empalidecia cada vez mais. Decerto, também enjoada. Ambos pálidos um ao lado do outro, correndo com o carro. Num impulso, Bird disse com escárnio:

— Quando a criança morrer e minha mulher se recuperar, acho que acabaremos nos divorciando. Como fui demitido do cursinho, serei então um homem livre de verdade. Sonhava com isso havia muito tempo, mas não me sinto nada feliz.

O vento soprava cada vez mais forte para o lado de Himiko. Ela erguia a voz para falar contra o vento:

— Bird — disse gritando —, se você vai ser livre, não quer aceitar a sugestão de meu sogro, e ir para a África comigo, depois de vendermos a casa e o terreno?

A África tomava um contorno real! Contudo, o continente já não lhe inspirava entusiasmo, nada mais via nele além de aridez. Desde que se empolgara com a África na adolescência, nunca ela lhe fora tão desinteressante. Homem livre e solitário no Saara cinzento, fugitivo de uma ilha em forma de libélula a cento e quarenta graus de latitude leste, onde matara uma criança. Perambulando por todo o continente sem conseguir caçar um único javali africano, nem mesmo um rato. Plantado em pleno Saara sem ter o que fazer.

— A África... — disse Bird sem entusiasmo.

— É que agora você está todo retraído, como um caracol na concha, só isso! Assim que pisar o solo africano, vai recuperar o ânimo num instante.

Ele, porém, permanecia melancólico e calado.

— Estou encantada com o mapa africano, Bird. Gostaria realmente de usá-lo na África, como um mapa rodoviário, de ir para lá com você na condição de homem divorciado e livre. Sabe, ontem, depois que você adormeceu, fiquei olhando o mapa por muito tempo. Peguei a febre da África, Bird! Por isso, preciso de você livre. Quando eu lhe disse que iríamos sujar as nossas mãos, você me respondeu que não, que era a sua mão que ficaria suja. Não, Bird, são mesmo as nossas mãos. Vamos os dois para a África, está bem?

— Se é isso que você quer... — respondeu Bird expelindo as palavras como se fossem um escarro doloroso.

— Sabe, no começo, nossa relação visava apenas a sexo. Eu não passava de um refúgio temporário para você, até que a incerteza e a vergonha que o atormentavam fossem embora. Mas ontem à noite percebi claramente quanto me deixei contagiar pela viagem à África. Por isso, nós agora estamos unidos, apadrinhados pelo mapa. Deixamos o nível do sexual e estamos escalando um nível mais alto. Por muito tempo desejei que isso acontecesse, e estou entusiasmada de verdade. Por isso estou lhe apresentando esse meu amigo médico e sujando minhas mãos com você, Bird.

Gotas finas de chuva como neblina eram impelidas de encontro ao para-brisa baixo do carro esporte, desenhando teias por toda a superfície. De repente, o para-brisa parecia coberto de trincas. Ambos sentiam as gotas nos olhos e na cabeça. A tarde parecia ter caído de chofre. Escurecia. O vento formava fortes redemoinhos.

— Não há uma capota para se pôr neste carro? Se não, a criança vai se molhar toda.

Bird falava como um completo idiota.

# 12.

Quando Bird terminou de instalar a capota preta no carro, o redemoinho de vento, correndo em círculos pela rua como uma galinha assustada, trouxe-lhe às narinas o odor de alho torrado e salsicha. Alho cortado em fatias finas, refogado na manteiga com a salsicha, cozida depois no vapor — prato que Deltcheff lhe ensinara fazer. Bird pensou nele. A essa hora, quem sabe ele já não foi arrancado da garota de pele pálida e arrastado de volta para o consulado? Teria ele oposto feroz resistência no ninho aconchegado ao fundo daquele beco em que vivia com a amante? Teria a garota protestado aos prantos em japonês, ininteligível para os homens da embaixada e para Deltcheff? De qualquer forma, Deltcheff e a garota nada poderiam fazer exceto conformar-se.

Bird observou o carro esporte vermelho com a capota preta já instalada. Mais parecia uma ferida aberta com sangue coagulado em volta. A repulsa começava a queimar. Nuvens escuras sombreavam o céu, o ar se carregava de umidade prenunciando borrasca e o vento se agitava. Mas a chuva caía fina como neblina, fechava tudo em volta e logo se afastava para longe carregada pelo vento, para voltar de repente em questão de minutos. Bird observou a copa frondosa das árvores na alameda, visíveis entre os telhados. Mesmo sombrias e pesadas como pareciam, lavadas pela chuva elas se mostravam exuberantes. Verdes da cor do semáforo que o atraíra no cruzamento da avenida circular. Bird divagava. Será que verei um verde assim viçoso em meu leito de morte? Via-se na pele do bebê condenado a morrer nas mãos do médico de abortos. Foi até o vestíbulo da casa, pegou o cesto do bebê, as roupas de baixo, meias, casaco, uma calça de lã e um gorro. Levou tudo para o banco traseiro do MG. Himiko tinha demorado um tempo enorme escolhendo aqueles artigos com todo o cuidado. Bird ficara à espera da amiga por uma hora e até se perguntara, preocupado, se ela não teria fugido. Por que Himiko gastara tanto tempo escolhendo roupas para uma criança fadada à morte? Ah, como era incompreensível a sensibilidade feminina!

— Bird, o almoço já está pronto! — avisou Himiko da janela do quarto.

Bird foi até a cozinha e encontrou a amiga de pé, comendo salsichas. Espiou a panela, mas, intimidado pelo cheiro de alho, afastou-se desanimado, abanando a cabeça para Himiko, que o fitava intrigada. Ela mastigou com cuidado, limpou a manteiga da língua tomando um copo de água e disse, exalando um cheiro de alho:

— Se está sem fome, vá tomar um banho.

— É o que vou fazer — disse Bird aliviado, coberto que estava de suor e poeira.

Sob o chuveiro, Bird encolheu os ombros com prudência para se lavar. Tinha um complexo. Ficava sexualmente excitado todas as vezes que se metia sob a água morna do chuveiro. Mas agora estava oprimido por palpitações. Fechou os olhos debaixo da chuva de água morna, curvou a cabeça para trás e esfregou a nuca com os polegares, desta vez cônscio do que fazia. Himiko entrou apressadamente no banheiro trazendo na cabeça uma touca de plástico com estampas de melancia. No chuveiro, ao lado de Bird, lavava-se como se quisesse arranhar todo o corpo. Bird então interrompeu sua própria mímica e saiu do banheiro. Enxugava-se com uma toalha quando ouviu, vindo da rua, um ruído forte, de algo pesado caindo no chão. Foi até a janela do quarto averiguar o que ocorria e viu o carro esporte inclinado como um navio prestes a afundar. O pneu dianteiro do lado direito havia sumido! Com as costas ainda úmidas, vestiu a camisa e as calças e saiu para examinar o carro. Alguém fugia correndo pelo beco. Bird voltou a atenção para o carro avariado. Não havia vestígio do pneu arrancado e o farol do lado inclinado, encostado ao chão, se quebrara com o choque. Alguém utilizara um macaco para tirar o pneu e subira no para-choque com tamanha violência para virar o carro que quebrara o farol dianteiro. O macaco estava caído sob o carro como um braço quebrado. Bird gritou para Himiko ainda no banho:

— Roubaram o pneu do carro! E também quebraram o farol. Que ladrão esquisito! Você tem estepe?

— Está no fundo do depósito.

— Mas quem roubaria um pneu?

— Lembra-se daquele rapazinho meu amigo? É coisa dele. Deve estar escondido por aí com o pneu, espreitando-nos para ver o que fazemos — gritou de volta Himiko com naturalidade. — Vamos agir com indiferença e partir como se nada tivesse acontecido. Aposto que ele vai chorar de raiva, lá onde está escondido. Vamos fazer isso.

— Se o carro não estiver quebrado. Primeiro, vou colocar o estepe.

Sujando as mãos de barro e de graxa, Bird pôs o pneu no carro e acabou mais suado do que antes do banho. Depois, deu a partida cuidadosamente. Não notou defeito algum. Mesmo que demorassem para voltar, tudo estaria terminado até o entardecer. Não haveria necessidade do farol. Gostaria de tomar outro banho, mas Himiko já estava pronta para sair. Ele também estava ansioso, não havia tempo para mais um banho. Partiram assim mesmo. Quando saíam do beco, alguém lhes atirou uma pedra por trás.

Ao chegarem ao hospital, Bird suplicou a Himiko, que pretendia ficar no carro, que entrasse com ele.

Com passos apressados, atravessaram juntos o longo corredor de acesso à UTI neonatal, Bird levando o cesto da criança e Himiko as roupas. Os pacientes que cruzavam com eles pareciam tensos e intranquilos naquele dia. Por influência talvez da chuva, açoitada por rajadas violentas de vento, que se encarregavam também de dispersá-la em instantes, e dos trovões que ribombavam à distância. Enquanto caminhava com o cesto nas mãos, Bird procurava encontrar palavras adequadas para explicar às enfermeiras que levaria a criança, mas ao entrar na UTI percebeu que elas já estavam inteiradas. Embora aliviado, manteve o semblante carrancudo, baixou os olhos e procurou ser discreto, para não dar chance às enfermeiras, jovens e curiosas, de lhe perguntar por que levava o bebê sem tentar a cirurgia e para onde pretendia levá-lo. Limitava o diálogo ao mínimo, apenas para atender às necessidades burocráticas.

— Leve esta ficha até a administração e efetue o pagamento. Enquanto isso, vamos chamar o médico pediatra.

Bird recebeu uma ficha de um cor-de-rosa desagradável.

— Eu trouxe as roupas do bebê...

— Pode entregá-las para mim, por favor. Vamos precisar delas.

A enfermeira devolveu-lhe um olhar nem um pouco amistoso, sem mais esconder toda a censura que até aquele momento conseguira conter.

Bird entregou-lhe as roupas. A enfermeira examinou peça por peça e devolveu-lhe secamente o gorro. Confuso, Bird enfiou-o no bolso da calça e voltou-se aborrecido para Himiko, que às suas costas, nada percebera.

— O que foi? — perguntou ela.

— Nada. Vou até a administração.

— Vou com você — disse Himiko apressada, receando ser deixada na UTI.

Enquanto se entendiam com as enfermeiras, ambos faziam contorcionismos com o corpo, para evitar olhar as crianças por trás da divisória de vidro.

Bird entregou a ficha cor-de-rosa à jovem que os atendeu.

— Vai para casa com a criança, não é? Meus parabéns!

Bird moveu com a cabeça, sem afirmar ou negar.

— Que nome deram a ela? — prosseguiu a atendente.

— Ainda não lhe demos um nome.

— Até o momento a criança está registrada apenas como o seu primeiro filho, mas gostaríamos de ter um nome para os nossos controles.

Um nome, pensou Bird. Estava confuso, como quando refletira sobre o assunto no hospital onde a mulher se encontrava internada. Dar um nome humano ao monstro faz com que ele se transforme em gente e passe a reivindicar direitos. A morte dessa criança enquanto anônima é uma coisa e com um nome é outra; sua existência torna-se mais real.

— Pode ser um nome provisório, algum que o senhor esteja pensando no momento — disse a jovem, simpática mas obstinada.

— Dê um nome a ele, Bird! — Himiko se intrometeu impaciente.

— Vamos chamá-lo de Kikuhiko — disse Bird recordando-se das palavras da mulher, e mostrou como se grafava.

Quase todo o adiantamento lhe foi devolvido. Durante a internação naquele hospital, a criança só se alimentara de leite ralo e água com açúcar. Até os antibióticos lhe haviam sido administrados com parcimônia. Uma permanência bastante econômica. Retornaram à sala da UTI.

— Na verdade, este dinheiro é proveniente das economias que fiz para a viagem à África. Agora que resolvi matar a criança e ir com você para lá, está voltando para o meu bolso — comentou Bird confuso e atrapalhado, sem saber precisamente o que pretendia dizer.

— Pois então vamos gastá-lo lá — respondeu Himiko despreocupada. E acrescentou: — Kikuhiko me faz lembrar um bar gay que conheço com esse nome, grafado da mesma forma como você escreveu. A madame desse bar se chama Kikuhiko.

— Quantos anos ele tem?

— É difícil saber a idade dessas pessoas, mas aparenta ser quatro ou cinco anos mais jovem do que você.

— Com certeza é o sujeito que conheci na juventude. Deve ter se mudado para Tóquio depois de virar amante do agente de informações culturais do exército de ocupação americano.

— Mas que coincidência! Então vamos lá depois.

*Depois! Depois* de abandonar a criança aos cuidados de um médico suspeito, especialista em abortos! Recordou-se da noite em que abandonara o amigo numa cidade provinciana. Dei seu nome à criança que também pretendo abandonar. Isso de dar nomes é perigoso, envolve armadilhas traiçoeiras! Teve o impulso de voltar atrás e dar outro nome ao bebê. Desistiu, contudo, abatido pelo desânimo que o corroía feito veneno. Desgostoso consigo próprio, disse:

— Então, passaremos a noite toda nesse bar gay, o Kikuhiko. Um velório para o bebê!

Na UTI, o bebê Kikuhiko fora trazido para fora da divisória de vidro e já estava sendo vestido com as roupas macias escolhidas por Himiko. O pediatra estava ao lado do cesto, impaciente. Bird defrontou-se com ele, tendo entre ambos o cesto com o bebê. Percebeu que Himiko ficara chocada ao ver a criança. O menino crescera, estava maior, os olhos oblíquos abertos, semelhantes às rugas profundas de sua pele avermelhada. A saliência na cabeça também parecia ter crescido. Entumecida, ainda mais vermelha e lustrosa do que a face. Assim, de olhos abertos, parecia um eremita senil. Definitivamente, perdera a aparência humana. Talvez porque a área da testa, oposta à saliência, se estreitara ainda mais. O bebê fechava os punhos com força, agitando-os em movimentos pequenos, como se quisesse fugir do cesto.

— Ele é parecido com você! — disse Himiko com a voz tensa.

— Não é parecido com ninguém. Mesmo porque ele não tem a aparência de um ser humano — reagiu Bird.

— Ora, não é tanto assim! — repreendeu o médico, pouco enfático.

Bird olhou de relance para o outro lado da divisória de vidro. Os bebês estavam agitados. Bird imaginou que estivessem comentando sobre o companheiro que estava sendo levado embora. Pareciam nervosos. O que teria acontecido ao bebê de olhar meditativo, pequeno como um sagui, que estava numa das incubadoras? E o pai da criança sem fígado? Estaria ainda discutindo teimosamente, enfiado em sua folgada bermuda marrom com cinto largo de couro?

— Já acertou tudo na administração? — perguntou a enfermeira.

— Sim, tudo certo.

— Então, o bebê é seu! — disse ela.

— Não quer reconsiderar? — o pediatra não se conteve.

— Não vou reconsiderar — disse Bird irredutível. — Obrigado por tudo.

— Não, eu nada fiz! — o médico recusava o agradecimento.

— Bem, então até logo.

— Até logo, e tenha cuidado — despediu-se o pediatra em voz baixa, no mesmo tom de Bird, enrubescendo envergonhado, talvez por ter aumentado a voz antes.

Quando saíram para o corredor, os pacientes internados que lá estavam sem nada fazer vieram todos em sua direção. Bird dirigiu-lhes um olhar feroz, abriu os cotovelos para proteger o cesto e apressou o passo. Himiko o acompanhava correndo. Surpresos com a reação de Bird, os pacientes abriram caminho afastando-se para as paredes do corredor escuro, assim mesmo com um sorriso, talvez dirigido à criança.

— Será que aquele médico, ou a enfermeira, não irá nos denunciar à polícia?

— Quero ver! — respondeu Bird, áspero. — Eles também têm culpa, quiseram matar o bebê de inanição dando a ele leite ralo e água açucarada.

Ao chegarem à entrada principal do hospital, Bird percebeu que era impossível continuar protegendo o bebê apenas com os cotovelos da enorme curiosidade dos pacientes que lá estavam. Era um perfeito jogador de rugby procurando chegar ao gol com a bola, diante de adversários dispostos numa fila compacta. Hesitou e depois se lembrou:

— Não quer tirar o gorro do bebê do meu bolso e cobrir a parte de trás da cabeça dele?

Himiko atendeu o pedido com as mãos trêmulas. Bird rompeu como pôde a multidão de estranhos que se aproximava com sorrisos inoportunos.

— Linda criança, parece um anjo! — disse com voz melíflua uma mulher de meia-idade. Bird recebeu o cumprimento como um ultraje, mas baixou a cabeça e prosseguiu sem se deter. Um dos frequentes aguaceiros assolava o pátio do hospital. Manobrado por Himiko, o carro recuou rapidamente até onde Bird aguardava com o cesto, deslizando sobre a água feito um pernilongo. Primeiro, Bird entregou o cesto com a criança a Himiko, dentro do carro. Depois, entrou nele e recebeu o cesto de volta. Para segurá-lo sobre o colo, precisava manter o corpo ereto, como se fosse a estátua de um faraó.

— Pronto, Bird?

— Pode ir.

O carro esporte arrancou a toda, como se estivesse disputando uma corrida. Bird bateu a orelha no suporte metálico da capota e conteve a respiração para suportar a dor.

— Que horas são?

Bird segurou o cesto com o braço direito e consultou o relógio de pulso. O ponteiro estava parado, indicando uma hora absurda. Em todos aqueles dias, por hábito havia usado o relógio, mas deixara de consultá-lo, e tampouco lhe dera corda ou ajustara os ponteiros. Vivera excluído da zona de tempo do mundo habitado por pessoas de vida normal, não assombradas por um bebê monstruoso. E ainda permanecia fora dela.

— O relógio parou.

Himiko ligou o rádio. Era um noticiário, e o locutor relatava as repercussões do reinício dos testes nucleares soviéticos. A Associação Nuclear Japonesa pronunciara-se a favor deles. Entretanto, a existência de diversas correntes discordantes na Associação fazia prever graves distúrbios na próxima Conferência Mundial para a Proibição de Armas Nucleares. A reportagem incluía uma gravação com protestos das vítimas da bomba atômica de Hiroshima. Quem garante que existam armas nucleares limpas? E mesmo que os soviéticos tenham desenvolvido armas como essas para testá-las na Sibéria, quem garante que elas sejam inofensivas ao homem?

Himiko mudou de estação. O programa era de música popular. Um tango. Para Bird, todos os tangos pareciam iguais. Aquele não acabava nunca, e Himiko desligou o rádio. Ficaram sem saber as horas.

— Bird, a Associação Nuclear Japonesa se rendeu aos testes soviéticos — disse Himiko, mas via-se que não estava realmente interessada.

— É, parece que sim — respondeu Bird.

No mundo dos outros, regido por um tempo único, um destino malévolo supostamente comum a todos está se desenhando. Mas o destino de Bird, só dele, encontra-se nas mãos do bebê-monstro, no cesto em seu colo, e monopoliza suas preocupações.

— Bird, você não acha que existem homens que simplesmente desejam uma guerra nuclear, desinteressados de quaisquer vantagens políticas ou econômicas, diretas ou indiretas que a produção de armas nucleares proporciona? Acredito que essas pessoas de coração negro, sem nenhum motivo, desejam a destruição da humanidade, assim como a maioria das pessoas, também sem nenhuma razão específica, deseja a continuidade deste mundo.

— Ratos de coração negro? As Nações Unidas deviam prender imediatamente essa gente — admitiu Bird.

Mas não se animaria a participar de uma cruzada de caça aos ratos de coração negro. Até porque já percebera a sombra dessa espécie dentro dele próprio.

— Que calor, não, Bird? — Himiko mudou bruscamente de assunto, mostrando indiferença pelo tema da conversa.

— É verdade, está muito quente!

O calor do motor subia pela delgada chapa metálica trepidante do chassi do carro e, como a capota impedia sua dispersão, criava-se um ambiente hermético, uma verdadeira estufa. Se abrissem um pouco as janelas, as gotas de chuva certamente entrariam por ali, carregadas pelo vento. Bird examinou a capota, inconformado. O modelo era bem antigo.

— Não tem jeito, Bird. Vamos parar o carro algumas vezes e abrir um pouco a porta — disse Himiko, ao ver a frustração do companheiro.

À frente do carro, Bird notou um passarinho morto, molhado pela chuva. Himiko também o viu. O carro seguia na direção dele. Quando o cadáver do passarinho desapareceu do campo visual deles, o carro deu uma brusca guinada e um dos pneus caiu num enorme buraco coberto pela água da chuva. Bird feriu as mãos, que bateram no painel do carro, mas em nenhum momento largou o cesto do bebê. Ah, pensou com tristeza, quando eu chegar a essa clínica de abortos vou estar todo machucado.

— Desculpe — disse Himiko. Parecia ter se machucado também, sua voz era de quem refreava a dor. Ambos evitaram falar do passarinho morto.

— Ora, não foi nada.

Bird endireitou o cesto sobre os joelhos. Então, pela primeira vez desde que entrara no carro, observou o rosto do bebê. Estava ficando cada vez mais avermelhado, e não dava para perceber se a criança respirava. Parecia estar se asfixiando. Em pânico, Bird balançou o cesto. De repente, o bebê se pôs a chorar incrivelmente alto, abrindo a boca como se quisesse morder os dedos de Bird. Sem verter nenhuma lágrima, chorava e estremecia, fechando fortemente os olhos, transformados quase em fios de linha. Um pouco mais sossegado, Bird pensou em tapar com a mão a boca vermelha do bebê. Conteve-se por pouco, novamente assustado com o que pretendera fazer. O bebê continuava a chorar forte, fazendo tremer o gorro com bordados de cordeiro que tinha sobre a protuberância do crânio.

— Não dá a impressão de que o choro de um bebê vem sempre carregado de sentido? — comentou Himiko, elevando a voz para se fazer ouvir. — Quem sabe o sentido de todas as palavras já criadas pelo homem.

O choro continuava.

— Ainda bem que não somos capazes de entendê-lo — disse Bird apreensivo.

O carro corria, transportando o choro do bebê. Parecia levar mil cigarras a bordo. Ou talvez apenas uma cigarra, voando com Bird e Himiko aninhados no ventre. Logo, o calor e o berreiro da criança tornaram-se insuportáveis. Himiko parou o carro no acostamento e eles abriram as portas. O bafo de ar quente e úmido que saiu do interior do veículo, hálito de doente febril, foi substituído pelo ar frio e respingado de chuva que vinha de fora. Suado como estava, Bird estremeceu de frio. A chuva também invadia o cesto e se aderia ao rosto avermelhado do bebê em gotículas menores que as da lágrima. O bebê continuava chorando. Um choro curto, entrecortado às vezes por tosse. Parecia uma convulsão. Tosse estranha, que fazia tremer todo o corpo e despertava suspeita de infecção nas vias respiratórias. Com esforço, Bird conseguiu inclinar o berço e protegê-lo da chuva.

— Tirar uma criança recém-nascida de um ambiente controlado para ser exposta assim ao ar externo é arriscar uma pneumonia, Bird.

— Eu sei — respondeu ele. Um cansaço pesado, de fundas raízes, o dominava.

— O que vamos fazer?

— O que se faz nessas horas, para acalmar o choro de um bebê? — Não tinha nenhuma experiência no assunto.

— Dão o seio para a criança mamar, tenho visto fazerem isso — disse Himiko, mas calou-se de repente, sobressaltada. E acrescentou depressa:

— Devíamos ter trazido uma mamadeira, Bird!

— Com leite ralo ou água açucarada? — perguntou Bird. O cansaço o deixava sarcástico.

— Vou procurar uma farmácia. Quem sabe eu encontre lá um desses brinquedinhos que simulam o bico do seio, como é mesmo o nome?

Himiko saiu correndo na chuva. Balançando desajeitadamente o cesto, Bird observou a amante que corria com o sapato de salto baixo. Das mulheres japonesas de sua faixa etária, ela havia sido uma das que haviam recebido uma educação melhor — que, por sinal, estava sendo desperdiçada. Himiko também não possuía a vivência das mulheres comuns. Provavelmente, jamais teria um filho. Bird se lembrou do grupo de estudantes mulheres dos primeiros anos de faculdade. Todas cheias de vida, em especial Himiko. E sentiu pena da Himiko de hoje, que vira correndo como um cachorro desajeitado, espirrando barro. Quem teria previsto um futuro desses para aquela jovem estudante universitária cheia de confiança e esnobismo?

Uma frota de caminhões de transporte de longo percurso passou com estrondo ao lado do carro, como uma família de rinocerontes. O veículo estremeceu, e com ele Bird e a criança. Pareceu-lhe ter ouvido em meio ao estrondo um apelo agudo, ininteligível e aflitivo. Sem dúvida ilusão, mas ainda assim Bird permaneceu por algum tempo inutilmente atento.

Himiko voltou caminhando contra o vento saturado de gotas de chuva. Vinha com o rosto ostensivamente amarrado, o mesmo que exibia quando estava só e zangada em seu quarto escuro. Já não corria. Corpulenta, apresentava sinais de um cansaço tão intenso quanto o que Bird sentia. Contudo, ao entrar no carro Himiko disse alegremente, por cima do choro da criança, que ainda prosseguia:

— O brinquedinho que se dá aos bebês chama-se chupeta. O nome tinha me escapado. Olhe, comprei dois tipos.

Ter conseguido recuperar a palavra do fundo do baú da memória a deixou confiante. Entretanto, as peças de borracha que Himiko exibia sobre a palma da mão — peças marrons, semelhantes a frutas de bordo em tamanho maior — pareceram a Bird ainda prematuras para um bebê.

— A que possui um núcleo verde é mais rija, feita para fortalecer a dentição. É para crianças mais crescidas. Esta outra, mais mole, deve servir — disse Himiko colocando-a na boca do bebê.

E por que comprou a outra?, Bird quis perguntar. Mas viu que o bebê não se interessava nem pela chupeta dos bebês mais novos, como suspeitava que fosse acontecer. Com a língua, ele empurrava a chupeta para fora.

— É, parece que não adiantou. É muito cedo para ele — disse Himiko, outra vez desanimada, depois de algumas tentativas. Bird nada comentou.

— Não sei mais o que fazer para acalmar o menino.

Estava insegura.

— Vamos continuar, então. Não há outro jeito — disse Bird, fechando a porta do carro.

— O relógio da farmácia indicava quatro horas. Creio que até as cinco chegaremos ao hospital.

Com expressão severa, Himiko deu a partida. Seu mau humor já chegara ao auge.

— Ele não vai chorar por mais uma hora — disse Bird.

Cinco e meia da tarde e o bebê, cansado, já adormecera. Eles, porém, ainda não haviam chegado a seu destino. Estavam circulando perdidos por uma baixada fazia cinquenta minutos. Era uma região cercada ao norte e ao sul por um planalto. O carro havia subido e descido ladeiras, atravessado vezes seguidas um pequeno riacho sinuoso de águas turvas e impetuosas, entrado em becos sem saída, sempre indo dar do outro lado do planalto. Himiko se lembrava de uma vez ter ido ao hospital de carro, e do alto podia divisar sua localização. Mas quando desciam para a baixada densamente habitada e entrecortada de ruelas de pavimentos imperfeitos, acabavam perdendo a direção. Quando Himiko finalmente conseguia reconhecer uma rua, deparavam com uma caminhonete interrompendo o caminho e se recusando a ceder passagem, o que os obrigava a recuar uma centena de metros. Ao tentar retornar, já haviam dobrado uma esquina indevida e a seguinte era contramão.

Bird e Himiko mantinham-se calados. Estavam tão irritados que temiam ferir um ao outro com o mais leve comentário. Uma simples observação de que já haviam passado duas vezes por esse ou aquele cruzamento poderia desencadear azedas discussões. Na verdade eles haviam passado diversas vezes em frente a um mesmo posto policial, um velho prédio público maltratado, com duas árvores de folhagens e troncos díspares ladeando a entrada. Sempre que caíam ali, preocupavam-se em não chamar a atenção do policial escondido entre as folhagens das árvores. Pedir que ele lhes indicasse o caminho do hospital, nem pensar. Só o fato de um carro esporte transportando uma criança defeituosa procurar um hospital mal-afamado já poderia trazer complicações. Ao telefone, o médico advertira Himiko que não parasse em nenhuma lojinha de cigarros das proximidades do hospital. E assim estavam eles, perdidos, rodando interminavelmente. Poderiam não chegar ao hospital nem de madrugada. Talvez nem exista esse hospital especializado em matar bebês, pensou Bird, atormentado por dúvidas cruciais. E também por um sono insistente. Receava que, ao adormecer, o cesto lhe caísse do colo. Porque, se a protuberância da cabeça do bebê, constituída da massa cerebral excedente da caixa craniana, estivesse envolta numa simples membrana, ela poderia se romper com facilidade. Nesse caso, a criança teria imediatamente dificuldades respiratórias e morreria sofrendo, no meio da água barrenta que se infiltrava por entre as engrenagens do câmbio e do freio, sujando os sapatos de Bird e da companheira. Uma morte por demais cruel. Bird lutava para afugentar o sono. Ainda assim, acabou mergulhando por um instante na escuridão da inconsciência e foi acordado pela voz tensa de Himiko:

— Não durma, Bird!

O cesto estava escorregando de seu joelho. Assustado, segurou-o com firmeza.

— Eu também estou com sono. Estou com medo de provocar um acidente.

A sombra densa do entardecer já pairava sobre a baixada. O vento cessara, mas a chuva se instalara definitivamente, transformada de repente em neblina, prejudicando a visibilidade. Himiko acionou o botão dos faróis, mas apenas um deles acendeu. A maldade do jovem amante de Himiko produzira efeito. Quando o carro passou mais uma vez pelas árvores do posto, um policial com jeito de camponês por fim apareceu e ordenou que parassem o carro.

Pálidos, suados, Bird e a companheira expunham uma aparência suspeita à inspeção do policial, que se inclinava pela porta aberta para espiar o interior do carro.

— Os documentos! — disse, como quem está cansado de fazer essa exigência. Teria a idade de um aluno de Bird do cursinho, sabia que os assustava e se comprazia nisso.

— Vi que o carro de vocês tinha apenas um farol bom na primeira vez em que passaram por aqui. Dei uma chance e deixei que seguissem. Mas o que posso fazer se vocês não aproveitaram essa chance e voltam aqui a todo momento? E agora, além do mais, só com um farol aceso, na maior tranquilidade. Assim não é possível! Vocês estão desafiando a minha autoridade!

— Sim, senhor — disse Himiko com voz neutra e inexpressiva.

— Estão com uma criança? — perguntou o policial, parecendo ofendido com a atitude de Himiko. — Talvez seja melhor eu lhes pedir que deixem o carro aqui e saiam com a criança no colo.

No cesto, o bebê respirava ofegante, com as narinas infladas e a boca aberta produzindo ruídos. O rosto estava ainda mais vermelho que o normal. Estaria com pneumonia? Bird esqueceu por um momento o policial e, preocupado, levou a mão à testa da criança. Estava quente, um calor anormal para qualquer ser humano. Soltou uma breve exclamação.

— Que foi? — perguntou assustado o policial, voltando à voz própria de um rapaz de sua idade.

— O bebê está doente. Por isso saímos com o carro, mesmo sabendo que o farol estava quebrado — disse Himiko. Pretendia tirar proveito da inquietação do policial. — Mas acabamos nos perdendo. Estamos em apuros.

— Aonde querem ir? Qual o nome do hospital?

Após alguma hesitação, Himiko disse o nome. O policial indicou que o hospital ficava no fim da ruela bem ao lado de onde estavam estacionados. Depois, para mostrar que não estavam tratando com um policial de coração mole, acrescentou:

— Como é perto, vou lhes pedir que deixem o carro aqui.

Himiko estendeu histericamente seu longo braço e arrancou o gorro de lã que cobria a saliência da cabeça do bebê. O impacto sobre o policial foi decisivo.

— Precisamos transportá-lo com muito cuidado, evitando qualquer choque — acrescentou ela, sem dar trégua à pressão.

Arrependido, o policial devolveu a carteira de habilitação de Himiko.

— Depois de deixar a criança no hospital, conserte imediatamente o farol.

Com os olhos pregados na protuberância da cabeça do bebê, o policial comentou simploriamente:

— Está bem ruim, não? É meningite?

Bird e Himiko seguiram de carro até o fim da ruela, conforme instruções do policial, e estacionaram o carro ao lado do hospital. Himiko já recobrara a calma:

— Que sonso, ele nem anotou meu nome nem o número da carteira!

Levaram o cesto com o bebê até a recepção do hospital, uma construção de argamassa e madeira. Não havia nem sombra de enfermeiras ou pacientes. Quem surgiu, assim que Himiko chamou, foi o homem de rosto oval. Nesse dia ele não vestia nada semelhante a seu smoking de linho, mas um avental branco manchado e asqueroso. Ignorando completamente a presença de Bird, ele espiou para dentro do cesto como se estivesse comprando peixe de um peixeiro.

— Como você demorou, Himiko! Eu estava começando a desconfiar que era trote — disse, com voz pegajosa, recriminando-a com brandura.

Bird estava impressionado com o indisfarçável estado de abandono da recepção do hospital.

— Tivemos dificuldade para achar o caminho — respondeu Himiko secamente.

— Pensei até que tivessem cometido algum desatino no caminho. Certos temperamentos radicais acreditam ser indiferente matar uma criança de desnutrição ou por asfixia, uma vez que se decidiu matá-la. Hum, hum, coitadinho, parece estar com princípio de pneumonia — disse o médico com brandura outra vez, levantando o cesto.

# 13.

Himiko e Bird deixaram o carro na oficina e pegaram um táxi para ir ao bar do homossexual amigo de Himiko. Estavam exaustos e sonolentos, porém ligeiramente excitados com a sensação cada vez maior de secura na garganta. Não sentiam vontade de regressar à casa sombria.

Acharam o bar e desceram do táxi. O nome "Kikuhiko" estava escrito em azul numa luminária de néon que tentava imitar uma lamparina a gás.

Abriram uma porta construída precariamente com pedaços irregulares de madeira e tábua, e viram-se dentro de um bar estreito e miserável, um verdadeiro curral. Um balcão curto em frente a duas poltronas antigas com encosto exageradamente alto era tudo o que havia ali. Não se via nenhum freguês além deles. Do outro lado do balcão, um homem de baixa estatura os examinou rapidamente, com olhar precavido mas não hostil. Tinha olhos redondos e cristalinos de cordeiro e lábios afeminados. Transmitia a impressão de um homem curiosamente redondo. Bird o observava parado junto à porta. A imagem do rapaz da cidade provinciana, seu amigo de juventude, ia ressurgindo aos poucos sob o verniz do sorriso ambíguo daquele homem.

— Himiko, querida, você está deplorável! — disse, mexendo os lábios pequenos enquanto mantinha os olhos pregados em Bird. — Eu conheço este rapaz. Tinha o apelido de Bird tempos atrás, não é?

— Vamos nos sentar — disse Himiko a Bird.

Ela via o reencontro teatral entre Bird e Kikuhiko, após longos anos, apenas como um anticlímax. Nem em Bird o encontro suscitava algum sentimento especial. Ele estava fatigado e com sono, nada havia neste mundo que pudesse despertar seu interesse. Sentou-se, procurando ficar um pouco afastado de Himiko.

— Que apelido ele tem agora, Himiko?

— Bird.

— Ah, Bird ainda? Sete anos se passaram, e ainda Bird? — disse ele, aproximando-se. — O que vai beber, Bird?

— Uísque puro.

— E você, querida?

— A mesma coisa.

— A noite mal começou e os dois já parecem cansados.

— Nada a ver com sexo. Estivemos a tarde toda correndo com o carro feito loucos, de um lado para o outro.

Bird pegou o copo de uísque que Kikuhiko lhe preparara e hesitou. Estava emocionado. Kikuhiko deveria ter vinte e dois anos agora e no entanto aparentava ser mais maduro que ele. Contudo, ainda conservava alguns traços de seus quinze anos. Um anfíbio vivendo em duas eras. Kikuhiko também bebia uísque puro. Enchia generosamente o copo que Himiko esvaziava num instante e aproveitava para encher o seu também. E com os nervos à flor da pele, como um gato arrepiado, espreitava Bird, que o observava distraído. Então virou-se decididamente para ele:

— Você se lembra de mim, Bird?

— Mas claro!

Ocorreu-lhe que nunca conversara com o dono de um bar gay. Curiosamente, isso se sobrepunha ao fato de estar falando com um velho amigo após um bom tempo.

— Tudo começou naquele dia, não foi, Bird? No dia em que vimos um soldado americano sem metade do rosto espiando pela janela do trem na cidade vizinha à nossa.

— Que história é essa de soldado americano?

Com o olhar pregado em Bird, Kikuhiko respondeu a Himiko:

— Foi na época da guerra da Coreia. Os soldados americanos feridos estavam sendo enviados para a base militar americana no Japão. Vinham em trens cheios, e nós vimos um deles. Será que aqueles trens passavam o tempo todo pela nossa região, Bird?

— Suponho que não.

— Havia boatos de que mercadores de escravos estavam raptando colegiais para serem vendidos como soldados para as frentes de batalha, e que o próprio governo japonês pretendia nos enviar para lá. Tínhamos muito medo, na época.

De fato, Kikuhiko tinha se mostrado muito assustado. Quando nos separamos após a briga, lembrou Bird, ele gritara que estava com medo. Bird pensou no bebê. Ele ainda não tem a capacidade de sentir medo. Isso lhe dava algum conforto, embora frágil e incerto. Empurrou sua consciência para longe, pois ela insistia em se concentrar no bebê:

— Quantos boatos sem sentido!

— Pode ser que tenham sido sem sentido, mas por causa deles fizemos muitas besteiras! — disse Kikuhiko. — E, Bird, você conseguiu prender o louco que estava procurando?

— Eu o encontrei morto; enforcou-se no Shiroyama. Trabalho perdido — disse Bird, sentindo na ponta da língua a acidez de um desgosto antigo. — Eu e os cachorros o encontramos na madrugada. Aquele, sim, foi um trabalho realmente sem nenhum sentido.

— Pois eu não acho. Nossas vidas mudaram depois daquela noite. Você, que procurou o louco até de madrugada, abandonou as más companhias e entrou numa faculdade de Tóquio. Eu, que desisti da busca à meia-noite, continuei minha decadência, e aqui estou, enfurnado neste bar de gays. Se você não tivesse partido sozinho naquela noite, talvez minha vida fosse outra agora.

— Se Bird não o tivesse abandonado naquela noite, você não teria se transformado num homossexual? — intrometeu-se Himiko.

Confuso, Bird desviou o olhar de Kikuhiko.

— Homossexuais são indivíduos que escolheram amar pessoas de seu próprio sexo, não é isso que dizem? Pois então, eu fiz a minha escolha, e não culpo ninguém por isso — respondeu Kikuhiko com serenidade.

— Você até sabe o que dizem os existencialistas franceses, hein?

— É preciso ter erudição para ser dono de um bar gay.

Parecia mais um slogan comercial recitado de forma afetada e voltando ao tom normal:

— Enquanto eu decaía após ter desertado, você continuou progredindo, Bird. O que faz agora?

— Sou professor de cursinho. Mas só até as férias de verão. Longe de progredir, fui despedido. E, não bastasse isso, estou envolvido numa confusão absurda.

— De fato, jamais vi um Bird assim deprimido nos seus vinte anos. Até parece que você está com medo, fugindo de alguma coisa — observou Kikuhiko com argúcia. Não se tratava mais do ingênuo Kikuhiko de antes. Por certo, a vida desregrada lhe proporcionara uma vivência complexa.

— Isso mesmo, estou cansado, com medo e querendo fugir.

— Aos vinte anos, Bird não tinha medo de nada. Nunca o vi apavorado — disse Kikuhiko a Himiko. E voltando-se para Bird, provocou:

— Você agora me parece muito sensível ao medo. Está com o rabo entre as pernas.

— Já não tenho vinte anos.

— Quer dizer, já não é mais o mesmo — concluiu Kikuhiko, frio e distante, deixando-o e voltando-se para Himiko.

Os dois iniciaram um jogo de dados e Bird, livre e aliviado, levantou seu copo de uísque. Sete minutos de conversa após sete anos tinham sido suficientes para saciar toda a curiosidade recíproca. Já não tenho vinte anos. Só o que conservei da época dos vinte anos foi esse apelido infantil, Bird. Sorveu de um trago o primeiro uísque daquele longo dia. Instantes depois, algo gigantesco e violento se mexeu e acordou em suas entranhas. Bird vomitou sem nenhuma resistência todo o uísque que acabara de derramar no estômago. Kikuhiko limpou rapidamente o balcão e lhe estendeu um copo d'água, mas Bird permaneceu estupefato, com o olhar perdido. Acabei cometendo atos vergonhosos, um após o outro, ao tentar fugir do bebê-monstro. Para quê? Para proteger o quê? Que virtudes pessoais tentei resguardar? Ficou de repente estarrecido com a resposta a que chegara: nada.

Deixou lentamente a banqueta e se pôs de pé. Himiko o interrogava com o olhar frouxo de cansaço e embriaguez.

— Resolvi levar o bebê de volta para o hospital universitário para ser operado. Não vou mais fugir — disse Bird a ela.

— Mas você não está fugindo! O que é isso, assim de repente? Operação, agora? — Himiko estava desconfiada.

— Desde a manhã em que o bebê nasceu até agora, eu não parei de fugir — afirmou, convicto.

— Neste momento estamos sujando nossas mãos para matar a criança, eu e você. Isso por acaso é fugir? E depois, vamos partir para a África!

— Não, eu deixei a criança com aquele aborteiro e fugi para cá — replicou Bird com energia. — E queria continuar fugindo. Pensei na África como um último refúgio. Você mesma está fugindo. Até parece essas garotas de cabaré que fogem com estelionatários.

— Eu estou sujando minhas mãos, não estou fugindo! — gritou Himiko, tomada de histeria aguda.

— Você se lembra de que caiu com o carro num buraco hoje só para não esmagar um passarinho morto? É assim que age alguém disposto a sujar as mãos?

Himiko encarou-o com raiva. O rosto largo, cada vez mais rubro e inchado, mostrava lampejos de ira e frustração. Retorcendo o corpo angustiada, tentava rebater, mas não conseguia articular uma só palavra.

— Só tenho duas alternativas para parar de fugir do bebê-monstro e enfrentar a situação sem subterfúgios: ou eu o asfixio com minhas próprias mãos, ou o acolho, procurando de alguma forma criá-lo. Isso estava claro desde o início, só não tive coragem de admitir.

Himiko o interrompeu com um dedo em riste.

— Bird, a criança está com princípio de pneumonia! Se você a reconduzir ao hospital universitário, ela morrerá a caminho! E, se isso acontecer, você será preso!

— Mas então, sim, eu a terei matado com as minhas próprias mãos e merecerei ser preso. Assumirei a responsabilidade.

Bird estava calmo. Havia recuperado a autoconfiança, se libertado dos últimos vínculos com a falsidade.

Fuzilando-o com os olhos cheios de lágrimas, Himiko tateou apressadamente as alternativas psicológicas que lhe restavam e descobriu um novo argumento. Agarrou-se a ele:

— Mesmo que você salve a vida da criança com a operação, de que vai adiantar? Você mesmo disse que ela teria uma vida apenas vegetativa. Você não só irá ao encontro da sua própria infelicidade como também produzirá um ser completamente inútil para este mundo. Você acha, Bird, que estará fazendo algum bem à criança?

— Faço isso para o meu próprio bem, para que eu deixe de ser um eterno fugitivo.

Mas Himiko recusava-se a entender. Lançando-lhe um olhar duro, ora desafiador, ora desconfiado, tentou um sorriso irônico por entre as lágrimas que lhe inundavam os olhos:

— Manter um bebê vivo à força com uma existência apenas vegetativa, é esse o novo humanismo que você abraçou? — escarneceu.

— Quero apenas deixar de ser um homem que vive fugindo de suas responsabilidades — disse Bird irredutível.

— E a nossa viagem à África?! — Himiko soluçava violentamente.

— Basta, Himiko! Não seja ridícula! Quando Bird começa a se preocupar consigo mesmo, ele nem liga para súplicas lacrimosas! — disse Kikuhiko.

Bird viu nos olhos cristalinos de Kikuhiko o lampejo de um ódio feroz. Mas o chamado à razão de Kikuhiko fez com que Himiko se recuperasse. Ela voltava a ser a mulher a quem a juventude já estava para abandonar, infinitamente bondosa e tolerante que o recebera quando a procurara na pior das crises com uma garrafa de uísque na mão.

— Está bem, Bird. Vou para a África mesmo sem você, vendendo o terreno e a casa. Levarei como companheiro aquele rapaz que nos roubou o pneu do carro. Pensando bem, fiz muitas coisas erradas a ele.

Embora ainda houvesse vestígios de lágrimas em seu rosto, Himiko já superara com segurança a crise histérica.

— Ela está bem — disse Kikuhiko a Bird, induzindo-o a se retirar.

— Obrigado — respondeu Bird mostrando tanto a Himiko como ao amigo toda a sinceridade que era capaz de sentir.

— Vai precisar de paciência para suportar muitas coisas, Bird — disse ela, tentando encorajá-lo. — Adeus!

Assentindo com a cabeça, Bird se despediu e saiu do bar. O táxi que apanhou arrancou velozmente pela rua molhada de chuva. Morrer agora num acidente de trânsito antes de socorrer a criança é anular toda a minha existência de vinte e sete anos. Bird sentia um medo pavoroso, de um sabor novo, jamais experimentado.

O outono findava. Após a alta, Bird fora até o médico-chefe do setor de neurologia para agradecer e se despedir. Diante da UTI neonatal, os sogros aguardavam sorridentes, cercando a filha com o bebê no colo.

— Parabéns, Bird, o menino se parece com você — disse o sogro.

— É verdade — respondeu Bird com discrição. Em uma semana, o bebê assumira formas mais humanas e, em outra, os traços de semelhança com Bird começavam a se delinear. — Pedi emprestada a radiografia do crânio. Quero mostrá-la ao senhor lá em casa. O defeito na caixa craniana é de apenas alguns milímetros e já está se fechando. Não houve saída de matéria cerebral, ou seja, não foi um caso de hérnia cerebral, mas uma simples formação de um nódulo de tecido muscular. Disseram-me que no material extirpado encontraram duas esferas esbranquiçadas, duras, do tamanho de uma bola de pingue-pongue.

— Que ótimo! A cirurgia foi um sucesso! — interpôs o sogro, eufórico e loquaz, aguardando uma brecha no relato de Bird.

— A cirurgia foi muito demorada e exigiu diversas transfusões de sangue. Bird doou o seu muitas vezes e acabou pálido como uma princesa mordida pelo Drácula! — gracejou a sogra, bem-humorada, coisa rara nela. — Lutou como um leão.

Assustado com a súbita mudança de ambiente, o bebê estava tenso, de boca fechada. Olhava para os adultos com sua visão provavelmente ainda imperfeita. O neurocirurgião e Bird espiavam a criança a todo instante, atrapalhando o passo das mulheres. Eles caminhavam adiante, conversando.

— Você enfrentou muito bem essa infelicidade — disse o sogro.

— Não, tentei fugir muitas vezes. Na verdade, quase consegui. — Depois, acrescentou, meio ressentido: — No final das contas, a vida exige de nós uma atitude ortodoxa. Mesmo que se queira ceder à tentação da falsidade, com o tempo a vida nos obriga a rejeitá-la. Não é mesmo?

— Nem sempre, Bird. Algumas pessoas vivem saltando como rãs de uma falsidade para a outra a vida inteira.

Bird cerrou os olhos por um instante e rememorou o embarque de Himiko num cargueiro com destino a Zanzibar. Imaginava-se ao lado dela, no lugar daquele homem com aparência de menino, depois de ter assassinado o bebê. Cena de inferno, sem dúvida tentadora. Quem sabe tal cena estivesse realmente ocorrendo em algum desses outros universos idealizados por Himiko. Então, abriu os olhos para voltar aos problemas do universo deste lado de cá, que ele próprio escolhera habitar, e disse:

— É provável que a criança cresça normalmente, mas também é possível que ela venha a ter um baixo QI. Preciso trabalhar para garantir o futuro dela. Não quero, claro, pedir-lhe que me ajude com um novo emprego. Seria impossível, tanto ao senhor como a mim, depois da besteira que cometi. Resolvi desistir de vez da carreira, assim como de ser professor de cursinho ou de faculdade. Penso em tornar-me guia turístico para estrangeiros. Um dos meus sonhos era ir à África e lá contratar um guia local. Agora pretendo fazer o inverso: ser um guia local para turistas estrangeiros.

O sogro quis responder, mas nesse instante um grupo de rapazes veio na direção deles, ocupando todo o corredor, e os dois tiveram que se encostar na parede para abrir passagem. Os rapazes passaram sem lhes dar atenção, acompanhando um amigo que trazia o braço exageradamente levantado junto ao pescoço. Trajavam blusões surrados e sujos, com um dragão bordado, já impróprios para a estação. Bird percebeu que se tratava dos rapazes com os quais brigara no meio da noite, no princípio daquele verão em que o bebê estava para nascer.

— Conheço essa gente, mas parece que eles nem me reconheceram — disse Bird.

— Você mudou muito nessas últimas semanas, talvez seja por isso.

— Mudei?

— Mudou — confirmou o sogro com voz afetuosa, paternal. — Esse apelido infantil, Bird, já não lhe cai bem.

Bird aguardou as mulheres, que, conversando animadamente, se aproximavam com a criança, e espiou o rosto do filho nos braços da mulher. Queria ver o próprio rosto refletido nos olhos do menino. De fato, pôde vê-lo no espelho dos olhos negros e cristalinos da criança, mas a imagem era tão minúscula que não lhe permitiu constatar as novas feições de seu rosto. Assim que chegasse em casa planejava se olhar no espelho. E, depois, consultar o dicionário que o repatriado Deltcheff havia lhe dado, com a palavra *esperança* escrita na capa interna. Pretendia fazer sua primeira consulta nesse dicionário de um pequeno país da península balcânica. Buscaria a palavra *paciência*.

1ª EDIÇÃO [2003] 3 REIMPRESSÕES

ESTA OBRA FOI COMPOSTA PELO ACQUA ESTÚDIO EM ELECTRA
E IMPRESSA PELA GRÁFICA PAYM EM OFSETE SOBRE PAPEL PÓLEN NATURAL
DA SUZANO S.A. PARA A EDITORA SCHWARCZ EM ABRIL DE 2023

A marca FSC® é a garantia de que a madeira utilizada na fabricação do papel deste livro provém de florestas que foram gerenciadas de maneira ambientalmente correta, socialmente justa e economicamente viável, além de outras fontes de origem controlada.